학교의 시계가
멈춰도

아이들은
자란다

학교의 시계가
멈춰도

이수진
정신실
지음

아이들은
자란다

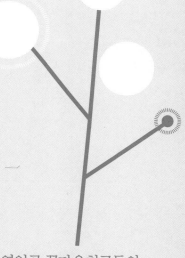

열일곱 꽃다운 친구들의
갭이어 이야기

우리학교

사람에겐 누구나 긴 휴식이 필요해요.

하고 싶은 게 뭔지 찾고 싶어요.

삶의 목적을 분명히 할 시간이 필요해요.

나를 찾고 싶어요.

학교 다니며 못 해 본 일을 하고 싶어요.

남들과 다른 길을 가 보고 싶어요.

어떻게 살고 싶은지 여유롭게 생각해 보려고요.

앞만 보고 가기 바쁘니까 아무렇게나 선택하기 싫어요.

좋아하는 게 뭔지 알고 싶어요.

내가 원하는 게 뭔지 알고 싶어요.

이렇게 살 수 있을까 싶어요.

새로운 시작을 준비하려고요.

조조한 마음 없이 여유롭게 놀고 싶어요.

더 중요한 공부를 하고 싶어요.

긴 방학

놀기 자유 콘셉트

살면서 이런 일이 있다니, 색다른 경험

다양한 사람들을 만나서

새로운 것을 배우고

다양한 활동을 하고

영화도 만들고

도자기도 만들고

봉사도 하고

여행도 가고

늦잠도 자고

하고 싶은 걸 하고

공부는 진짜 안 하고

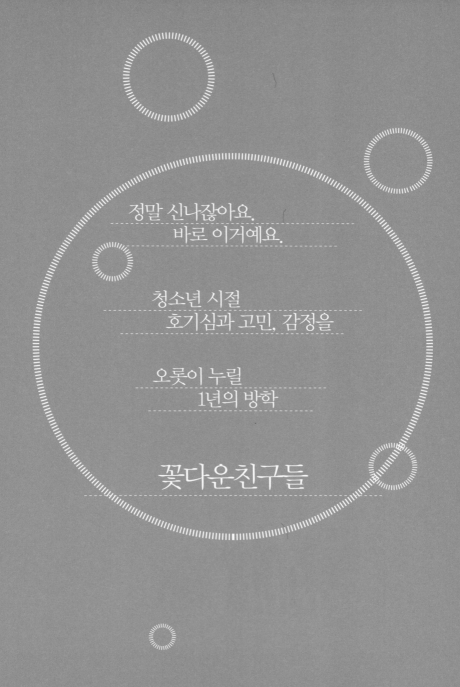

정말 신나잖아요.
바로 이거예요.

청소년 시절
호기심과 고민, 감정을

오롯이 누릴
1년의 방학

꽃다운친구들

·· 차례 ··

들어가는 글 10

1부 **방학이 1년이라고?**

 2부 **방학이 1년이라서!**

"은율아, 너 중학교 졸업한 후에 1년간 학교 쉬어 볼래?"

"왜?"

"아일랜드에는 고등학교 진학 전에 진로 탐색을 위해서 특별한 시간을 갖는 제도가 있대. 솔깃하지 않니? 너도 하면 어때?"

"학교를 안 다닌다는 말이야? 그럼 1년 뒤에는 한 살 어린 애들이랑 고등학교 다니고?"

"그렇지."

"에이, 싫어. 학교 안 다니는 건 좋은데 결국 한 학년 꿇는 거잖아. 그건 싫어."

"그래? 싫으면 말고……. 뭐 한 번 생각해 보자는 거야."

중학교 1학년이던 딸에게 던져 놓았던 질문이 2년에 걸쳐 무르익어, 중학교를 졸업한 2012년에 은율이는 학업을 잠시 쉬기로 결정했습니다. 어느 영상에서 보았던, 우리나라에는 없는 전환학년제

(transition year)▶에 꽂혀서 용기 내어 무모한 도전을 한 거죠. 기간은 1년이었습니다. 지내고 보니 그 시간의 성격은 '방학' 그 자체였습니다.

은율이가 초등학생 때 저는 이 나라의 교육 광풍으로부터 일정한 거리를 두고 살았습니다. 그런데 은율이가 중학교 입학을 앞둔 겨울방학에 비로소 소위 '학부모'가 되려고 했습니다. 동네에서 입소문 난 영어, 수학 학원 정보에 처음으로 귀가 쫑긋해졌지요. 자녀의 스펙을 쌓기 위해 정보력으로 무장하고 부지런히 움직이는 다른 엄마들이 눈에 들어왔습니다. 그동안 부모 직무를 유기했나 하는 약간의 자책감도 느꼈지요. 늦게라도 회심하고 아이를 학원에 보낼지 심각하게 고민했습니다.

그러다 보니 공부를 열심히 하지 않는 아이를 곱지 않은 눈길로 바라보게 되더군요. 겉으론 성적에 연연하지 않는 엄마인 척했지만 은율이가 좀 더 잘했으면 좋겠다는 마음은 제 표정과 태도에서 삐져나오기 일쑤였지요. 사교육 정보에 밝은 옆집 아줌마 이야기를 들으면 불안해졌고 그럴수록 은율이와 충돌하는 빈도는 잦아졌습니다. 닦달하면서 감시하는 엄마, 게으름으로 저항하는 사춘기 딸이 만드는 팽팽한 긴장이 이어졌지요. 뭔가 잘못되어 가는데 어떻게 해야 할지 몰라서 답답한 시간이 흘러갔습니다.

엄마 노릇을 고민하던 차에 사교육걱정없는세상이라는 교육 운동 단체를 알게 되었습니다. '등대지기학교'라는 시리즈 강의를 듣고 문제의식을 가지고 우리 교육을 바라보게 되었습니다. 동네 놀이터는 텅텅 비어 있고, 아이들은 학년이 올라갈수록 입시를 위해 잠자는 시간 외엔 학교와 학원에서 끝없이 문제 풀이만 합니다. 배움의 즐거움은 사라지고 공부가 지겨워질 수밖에 없는 현실을 그동안 너무 당연하게 여겼다는 자각이 들었습니다.

아이들에게 대학만 잘 들어가면 된다고 하지만 그 뒤에는 낙타가 바늘귀로 들어가는 것보다 더 어렵다는 취업이라는 관문이 기다립니다. 정년퇴직할 때까지 일자리가 보장되는 시대는 이미 지나갔는데 그 경쟁의 끝은 어디일까요? 채찍질해서 남들보다 빨리 도달하게 하고 싶었던 그곳이 도대체 어디인가요? 갑자기 길을 잃고 방황하는 청년들이 숱하게 많습니다. 속도 경쟁의 결과가 방황이라니 너무 억울해 보였습니다.

경쟁의 흐름을 따라가려다가 자녀와 갈등이 심해지고 관계가 엉망진창이 되는 것이 가장 큰 문제라고 생각했습니다. '이게 다 너희 잘되라고 하는 거야. 너희를 사랑하니까.'라고는 하지만 아이는 지금 당장 행복하지도 않고, 엄마에게 사랑은 고사하고 적대감을 느끼는 지경이니 다 무슨 소용인가요.

생각이 그렇게 흘러가니 아이를 물끄러미 바라볼 여유가 생겼습니다. 그즈음 은율이는 자기가 뭘 잘하는지 하고 싶은 게 무엇인지 모르겠다며 답답해하던 차였기에 안식년을 제안했습니다. 속도를 줄이고 잠시 멈추는 것을 생각해 본 것이지요. 뛰어가기도 바쁜 경주에서 멈추다니 참 대책 없는 생각이었습니다. 하지만 청소년기에 삶의 방향 설정을 할 수 있다면 그것만큼 소중한 것도 없겠다 싶었답니다. 그 제안은 처음에 은율이에게 기각되었지만, 오랜 시간 고민하다 멈추기로 결정하니 '숨을 고르는 의미로 한 해 쉬어 가는 거지, 뭐.' 하는 가벼운 마음이 되더군요.

예기치 않은 고비는 학교생활 잘하는 아이를 왜 쉬게 하냐는 중학교 3학년 담임 선생님의 만류였습니다. 하지만 은율이가 쉼을 선택한 이유를 자세히 들으시고 결국 선생님도 이해해 주셨습니다. 중학교 3학년 가을 고등학교 입학 신청 기간에 해당 서류를 제출하지 않으면 자동으로 고등학교 배정이 1년간 유예됩니다. 교육청도 이런 사례가 흔치 않아서 처음에는 어리둥절했지만 진학 관련 조항을 알아본 후 가능한 절차임을 확인하고 진행해 주었습니다. 뜻이 있는 곳에 길이 있었습니다.

안식년을 마치고 은율이가 고등학교에 진학한 뒤, 지인들의 문의가 심심찮게 이어졌습니다. 학교를 쉬는 게 가능하냐, 그동안 뭘 했냐, 학교 돌아가서 괜찮냐, 내 아이에게도 그런 기회를 주고 싶지만 자신이 없다 등 많은 질문에 우리의 경험을 있는 그대로 전하면서 깨달았습니다. 묻지도 따지지도 말고 앞으로만 달려가야 하는 아이들의 고달픈 삶에 문제의식이 있는 부모들이 여럿 있다는 것을요.

'이런 갈증이 있는 가정들이 모일 수 있는 장을 열어 두면 어떨까?' 저녁 밥상을 물려 놓고 남편과 재미있는 상상을 하는 날이 하루 이틀 쌓이니 저희 가정만의 경험으로 묻힐 뻔한 특별한 방학 이야기를 여러 사람과 공유할 기회를 만들게 되었습니다. 이팔청춘 꽃다운 나이, 각자 자기다운 꽃을 피우기 시작하는 시기라는 의미를 담은 '꽃다운친구들(꽃친)'이라는 이름을 달고 말이지요.

이 발걸음을 더 늦추지 않아야겠다고 마음먹은 데는 또 하나의 결정적 이유가 있습니다. 2014년 4월 16일 세월호 참사가 일어났습니다. 온 국민이 슬픔에 빠졌고 그날은 우리 사회에 큰 획을 그었습니다. 특히 자녀를 기르는 부모들 마음에 뚜렷한 메시지를 새겼지요. '아이가 누려야 할 오늘의 행복을 놓치지 말자.' '자녀를 위해 안전한 환경을 만들자.' 생명보다 더 소중한 가치는 없으며, 미래를 위해 오늘의 행복을 보류해서는 안 된다는 것을 가슴 아프게 실감했습니다. 자녀를 위해 어른 세대는 더 안전한 환경을 만들어야 하고요. 시험 점수 몇 점에 일희일비하는 것이 인생 전체를 볼 때 얼마나 부질없는지도 깨달았습니다. 아이가 곁에 있는 것만으로도 감사한다는 부모들이 늘어났습니다. 아이들에게 쉬고 놀 시간을 돌려주고 오늘의 행복을 선물하는 인권 운동으로서 꽃친을 시작해야겠다고 확신했습니다. 미룰 이유가 없었습니다.

2015년에는 서울시교육청이 주도하는 민관 협력 오디세이학교 출범 소식도 들었구요. 『우리도 행복할 수 있을까』를 쓰신 오마이뉴스 오연호 대표님의 전국 순회 강연을 통해 행복한 사회에 대한 기대가 높아졌습니다. '옆을 볼 수 있는 자유'에 대한 구체적 계획도 무르익어 갔고요. 2015년 오마이포럼에는 청소년 인생학교에 관심을 두는 사람들이 모였습니다. 못 살겠다고 소리 없는 아우성을 치는 아이들이 더 이상 소수가 아니라는 증거로 보였습니다.

학교와 학원을 오가며 어른보다 더 바쁘게 공부 노동자로 사는 아이들이 애처로우신가요? 꼭 이렇게 해야만 하나 의문을 가져 본 적이 있으신가요? 대한민국 부모님들이 가늘지만 또렷한 희망 한 가닥을 발견하기를 바라는 마음으로 꽃다운친구들이 함께 만들어 가는 1년의 방학 이야기를 기록해 보았습니다. 아, 그래서 은율이가 방학 동안 진로를 찾았는지 궁금하시죠? 학업 부담 없이 자유롭게 진로 탐색 시간을 가져 보는 것이 긴 방학의 이유였으니까요. 우선, 달콤한 과자 한 봉지를 먹으려던 아이에게 싱싱한 과일과 영양가 있는 우유가 주어진 느낌이었다는 것만 말씀드립니다.

방학이 1년이라고? 이것은 실화입니다!

▶ 영국(Gap Year)이나 아일랜드(Transition Year)에서는 잠시 학교 교육을 중단하고 봉사, 여행, 진로 탐색, 인턴, 창업 등의 활동을 경험하여 향후 삶의 방향을 설정하는 창조의 시간을 제공하고 있다. 또한, 미국, 캐나다, 호주, 뉴질랜드 등의 일부 대학에서는 우수 학생들이 중도에 대학을 포기하는 것을 방지하기 위해 입학 전후에 자신의 능력, 전공, 향후 진로나 직업을 탐색할 수 있도록 일정한 휴식 시간을 제공하고 있다. - 출처 : 윤형한, 「아일랜드 전환학년(Transition Year) 프로그램의 성과와 시사점」, 『THE HRD REVIEW』 70호, 2013.

▶ 본문에 나온 아이들의 이름은 모두 가명을 사용했습니다.

1부

방학이
1년이라고?

"안식년이라는 남과 다른 선택을 해 보았기 때문에
앞으로도 꿈을 찾아갈 때
조금은 대담하게 도전할 수 있을 것 같아요."

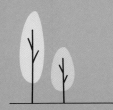

속도보다 방향,
방향보다 용기

방학이 무려 1년? 제정신이냐고 묻고 싶으시겠지만 정말 1년이나 방학을 하는 청소년들이 있습니다. 보통 연구하고 가르치는 일을 하는 사람들이 7년에 한 번씩 가지는 휴식을 안식년이라고 합니다. 인생에서 가장 꽃다운 나이 열일곱 살에 안식년을 보내는 아이들이 바로 꽃다운친구들입니다. 초등학교 6년과 중학교 3년을 합해 9년씩이나 쉬지 않고 학업을 했으니 한 번쯤 쉬어 가자는 것입니다. 이들의 안식년은 자발적인 쉼이고, 의도적인 멈춤입니다.

가을마다 꽃다운친구들(꽃친)은 다음 해를 방학으로 보내려고 하는 청소년과 그 가족을 만나 이야기를 나눕니다. 어디선가 꽃친 소식을 듣고 솔깃해서 찾아오시지만, 한 시간 남짓 이야기를 나누면 부모님의 마음이 바람 부는 날의 갈대처럼 이리저리 흔들리는 것이 느껴집니다.

"1년을 통째로 쉬고 나면 나중에 고등학교 공부를 잘 따라갈 수 있을까요?"

"아무리 방학이라지만 시간을 마냥 허비하면 어떡하죠?"

이 두 가지는 상담할 때마다 빠지지 않고 나오는 질문입니다. 첫 상담 때 현희 아빠는 불안한 눈빛을 감추지 못했습니다. 우리 가정의 경우, 딸의 안식년에 대해 2년 가까이 심사숙고하는 시간을 가졌는데, 꽂친 첫해에 찾아온 현희네는 두어 달밖에 생각할 시간이 없었으니까요.

첫 설명회를 열었던 2015년 당시만 해도 청소년 갭이어나 전환학년제는 우리나라에서 매우 생소한 개념이었고, 유사한 모델인 오디세이학교도 태동한 지 몇 달 밖에 되지 않았거든요. 아무리 자녀를 믿고 지지하는 부모라도 이런 중요한 결정 앞에서는 '아이가 의미 있는 시간을 보낼 수 있을까?' '한창 공부해야 할 아이에게 이런 시도가 과연 어떤 유익이 있을까?'와 같은 의문들이 얼마든지 생기기 마련이지요.

방학이 학업에서 벗어나 몸과 맘을 쉬는 시간이 아니라 선행 학습하는 시간으로 변질된 지금, 많은 아이가 방학 때 오히려 더 빽빽한 일정으로 지냅니다. 성실하게 공부를 하지 않는 아이라 해도 아마 마음의 부담은 크게 차이가 없을 거라 생각합니다. 다른 아이들은 미래를 준비하기 위해 방학을 몽땅 투자해서 개미처럼 공부하는데, 자녀에게 안식년을 허용하기까지는 남다른 담대함이 필요한 게 사실입니다.

2기 가족 상담 때 첫 번째로 찾아온 은영이네는 조금 달랐습니다. 부모님은 중학교 졸업을 앞둔 은영이에게 1년의 방학이 의미 있을 것이라 믿고 꽃친의 문을 두드리셨지요. 그런데 따라온 은영이에게 1년의 방학이라는 개념은 생소하기만 했습니다. 1기 선배들이 특별한 방학을 소개하고 한 해 동안 어떻게 지냈는지 이야기하니 조금 마음을 열기 시작했습니다. 두 번째 상담을 마칠 때까지 진지한 고민을 거듭한 후에야 결정했지요. 초등학교에 일찍 입학했기 때문에 한해 뒤에 고등학교 진학을 해도 반 친구들과 나이가 같아서 괜찮겠다는 판단이 결심하는 데 도움이 되었다고 합니다.

부모뿐 아니라 아이들도 한 해를 쉬면 뒤처질까 걱정합니다. 한번도 상상하지 않은 일이기에 기대보다 두려움이 앞섭니다. 아직까지 꽃친은 부모가 먼저 제안하고 아이는 뒤따르는 경우가 대부분이라 아이들의 불안을 다루는 것은 꼭 통과해야 할 중요한 관문입니다.

1년의 방학을 갖기로 결정하는 과정을 소홀히 할 수 없습니다. 최소 두 번의 만남을 통해 꽃친이 추구하는 방학의 의미를 전달하고, 온 가족의 생각을 듣는 시간을 충분히 가집니다. 서로 같은 방향을 바라보고 있다는 것을 확인한 후에야 비로소 꽃치녀(꽃다운친구들 구성원을 일컫는 말)가 될 수 있습니다. 당사자인 아이들의 결정이 핵심이지요.

조금 과장해서 말한다면 우리나라 아이들은 태어나면서부터 경쟁 속으로 들어섭니다. 엄마들은 산후조리원 동기와 친목 모임을 하면서 아이의 발달 상황을 다른 아이들과 자연스레 비교하기 시작합니다. 뒤집고 걷는 시기가 상대적으로 조금이라도 늦는 듯 보이면 마음이 조급해집니다.

저도 다른 아이들보다 글자를 빨리 깨우치는 내 아이가 혹시 영재가 아닐까 설레다가 반대로 느린 영역이 보이면 크게 부족한 게 아닌지 걱정하면서 마음으로 널뛰기를 하곤 했지요. 요즘 공부 좀 한다는 초등학교 5학년은 고등학교 2학년 수준의 수학 문제를 푼다고 합니다. 언제부턴가 아이들의 학습에서 과속은 일상이 되었습니다. 어디로 향하는지, 왜 달려야 하는지 알지 못한 채 아이들이 밤늦도록 학원 차에 실려 다닙니다.

차량 제한 속도를 시속 60km에서 50km로 줄일 때 교통사고 사망 가능성이 30% 감소한다는 연구가 있더군요. 자동차 속도뿐 아니라 이 사회가 속도를 낼 것을 요구하는 어떤 영역이든 재촉하면 할수록 과속으로 일어나는 사고는 예정되어 있습니다. 그것도 치명적인 사고로 말입니다. 학업과 성적 스트레스 때문에 귀한 생명이 스러지는 것을 뉴스로 전해 듣습니다. 한 번에 꺾이지는 않았지만 서서히 시들어 가는 아이들은 훨씬 더 많습니다. 과열된 공부 속도를 줄이면 소중한 생명을 붙잡아 줄 수 있겠지요.

꽃친은 속도 경쟁에서 처지지 않으려고 달음질하며 소진되어 있거나, 뒤로 밀려 낙오자가 될 것을 두려워하는 대한민국의 모든 아이에게 서행 그리고 일단 멈춤이라는 옵션을 알려 줍니다. 은율이가 했던 진로 고민은 자전거를 타고 가다가 굽은 길을 만난 것과 같습니다. 새로운 국면을 만났으니 잠시 시간을 내어 지나온 길을 돌아보고 앞으로 갈 길을 예상하기 위해 멈춤이 필요했지요.

고등학교 졸업을 앞두고 은율이는 진로에 관한 질문에 이렇게 답했습니다.

"고등학교 입학 전 안식년이 진로를 찾는 데 도움이 되었니?"

"안식년이라는 남과 다른 선택을 해 보았기 때문에 앞으로도 꿈을 찾아갈 때 조금은 대담하게 도전할 수 있을 것 같아요."

쉬면서 방향을 찾았냐고 물어보았는데 답이 조금 애매모호했지요. '찾았다.' 혹은 '찾지 못했다.'라는 대답을 기대했는데 말입니다. 곰곰 생각하니 은율이가 속도를 늦춰서 찾게 된 것은 방향 그 자체라기보다는 스스로 방향을 선택하겠다는 대담함 즉 용기입니다. 장차 어느 학교를 가고, 어떤 직업을 가져야겠다고 명쾌하게 방향을 정했다기보다는 앞으로 종종 다가올 선택의 순간에 겁먹지 않고 선뜻 발을 내딛을 힘이 생겼다는 뜻입니다.

용기는 자신의 인생을 소중히 여기고, 미래를 소망스럽게 가꾸어 가는 삶의 태도이자 지향으로서 소중한 덕목이라고 생각합니다. 진로를 충분히 고민해도 좋겠다는 엄마의 제안에서 시작한 색다른 선택 속에서 딸은 그보다 훨씬 더 깊은 가치를 길어 올려서 대견했습니다. 은율이의 대답은 삶의 방향을 찾아내는 기법보다 삶의 방향을 정하기 위한 힘을 북돋워 주는 것이 더 중요하다고 생각하게 된 계기입니다. 어쩌면 우리는 점점 더 미래를 예측하기 어려운 시대를 살아가며 속도보다는 방향이, 방향보다는 용기가 훨씬 더 중요함을 이미 실감하고 있지 않은지요.

인생에 있어서 속도보다 방향이 중요하다는 깨우침은 꼭 필요합니다. 다만 한 가지 오해는 풀어야 합니다. 사람마다 고유의 방향이 이미 결정되어 있으니, 이를 잘 찾아야 한다는 오해입니다. 과연 그런가요? 이 오해는 또 다른 조급함이나 두려움을 가져다 줍니다. 각자에게 숨겨진 천부적 흥미나 재능을 찾아내어 최적의 진로를 정해 최선의 결과치를 얻어야만 한다는 주장에 우리는 너무 쉽게 동의하는 것은 아닐까요.

이 오해를 풀 수 있다면 우리는 한 걸음 더 나아간 결론을 얻게 됩니다. 즉, 인생의 방향은 스스로 정하는 것이기에 시간의 압박이나 주변의 시선에서 자유로울 수 있는 용기가 더욱 중요합니다. 작은 실패를 두려워하지 않고, 남들보다 천천히 가는 것을 조급해하지 않고, 현재의 방향이 바뀌더라도 부끄러워하지 않을 용기 말이지요. 내가 정한 방향조차 또 언젠가 필요하다면 용기 내어 바꿀 수 있는 주체적인 삶의 태도라고 볼 수 있습니다.

멈출 수 있는 용기를 발휘한다 해도 처음부터 대단한 모험심과 의지로 무장되어 있지는 않습니다. 아침마다 늦잠을 잘 수 있다는 것에 혹해서, 꽂친 선생님들이 왠지 믿음직해 보여서 또는 특별한 경험이 될 거라는 기대를 걸고 그저 조심스럽게 멈춤을 결정한 것뿐입니

인생의 방향은 스스로 정하는 것이기에

시간의 압박이나 주변의 시선에서 자유로울 수 있는

용기가 더욱 중요합니다.

다. 가지 않은 길에 대한 염려를 기본으로 깔고 시작한 안식년 경험은 청소년들에게 자신의 결정이 어떤 의미를 갖는지 차차 알게 합니다. 갑자기 늘어난 자기만의 시간을 어떻게 써야 할지 모르겠다는 꽃친 후배들의 고민에 대해 1기 꽃처녀가 확신을 가지고 말했습니다.

"1년 방학을 보내겠다는 건 그 자체로 이미 엄청난 계획이야. 한국의 학생들은 아무도 세우지 않는 계획을 너희는 계획하고 실현하고 있는 거야."

현희 아빠는 이렇게 험한 세상에서 아이가 경쟁력을 잃는 것은 아닐까 처음 몇 달간 초조해했습니다. 직접 찍은 사진으로 아이들이 자신의 마음과 생각을 발표하던 꽃친 가족 모임에서 비로소 "이제 마음을 놓아도 될 것 같습니다."라고 고백하시며 환한 미소를 지으셨지요. 현희는 수줍음이 많아 처음엔 목소리를 크게 내는 일이 없었는데, 그날 꽃친 가족들 앞에서 당당하게 이야기하는 모습이 돋보였습니다. 현희 아빠는 휴가를 내기 어려울 정도로 빡빡한 직장에 매여 계셨지만 꽃친의 야영을 돕기 위해 귀하디 귀한 휴가를 써서 하루 멈춤에 동참하셨습니다. 가장 열성적인 부모 모임 참석자였고 지금까지도 동문 후원자로 자타의 공인을 받고 계십니다. 현희네 가족을 보고 꽃친에 찾아오신 가족들도 여럿 있으니 명실공히 꽃친 홍보대사이지요.

느긋하게 안식년을 즐겼던 은영이는 올해 일반 고등학교에 진학했습니다. 얼마 전 벚꽃이 휘날리는 중간고사 기간에 짬을 내어 후배들과 선생님들을 만나려고 꽃친을 방문했어요. 바빠진 학업 때문에 몸은 고되고 피곤하지만 씩씩하게 지낸다고 했습니다. 작년에 충분히 쉬었기 때문에 그렇다고요. 은영이도 은율이처럼 안식년 동안 진로를 뚜렷이 정한 것은 아닌데 "꽃친으로 활동한 것이 제가 인생에서 가장 잘한 일 같아요. 모든 아이들이 고등학교 가기 전에 1년 동안 방학을 가지면 좋겠어요!"라고 말했습니다. 비록 방향을 정하지 않았어도 불안해하지 않는 무언가가 내면에 장착되었을 것이라 짐작합니다. 저는 그것을 용기라 부르고 싶습니다.

홀로서기를 연습하기

1년의 방학이 시작되는 2월, 모임 장소를 부모님 도움 없이 혼자 찾아오는 것은 아이들에게 긴장되는 미션입니다. 집과 학교가 있는 동네 밖으로 혼자 나가 본 경험이 많지 않은 아이들이 대부분이지요. 꽃친은 함께 세상 구경하는 일정이 많기에 새로운 곳을 자주 찾아다녀야 합니다. 그래서 한 달 안에 모든 아이들은 길 찾기 달인이 됩니다. 심각한 길치라고 걱정하던 정연이도 언제 그랬냐는 듯 주소와 휴대 전화만 있으면 어디든 다니고, 용인시에 사는 현희가 고양시에 사는 예슬이네 집에 놀러 가는 건 금새 식은 죽 먹기가 되었습니다.

요즘 많은 부모가 하나둘 밖에 안 되는 자녀에게 에너지를 온통 집중합니다. 부모 레이더 망에는 아이의 일거수일투족이 걸려들지요. 아이를 향한 관심은 자칫 아이의 행동을 간섭하거나 통제하는 방식으로 작동합니다. 아이가 뭐든 스스로 할 기회를 얻기 전에 부모의 태클이 들어오기도 하지요. 부지불식간에 행사되는 부모의 막강한 권력은 아이의 생각과 판단 능력을 약하게 만듭니다. 아이가 놀아도 되는지 먹어도 되는지 심지어 화장실에 가도 되는지 자꾸 묻는 걸 보면 알 수 있습니다.

아이들을 수동적으로 만드는 데 부모라는 요인이 있다는 것을 부인하기 어렵습니다. 한술 더 뜨는 것은 갈수록 경쟁적이고 치열해지는 교육 환경입니다. 주말과 휴일도 없고 경조사에 참여하는 것조차 만만치 않은 빡빡한 삶, 소위 '잘 나가는' 아이들일수록 더 그렇죠. 경쟁에서 이기려면 효율을 극대화해야 하니 목표를 이루기 위한 지질한 과정은 되도록 대신 처리해 주고 싶은 유혹이 찾아옵니다.

예컨대 새벽부터 줄 서서 도서관 자리 잡아 주기, 아이 수행 평가 과제 등을 대신 해 주는 것이지요. 작아 보이는 이 유혹에 번번이 넘어가다 보면 자녀가 대학생이 된 이후에도 수강 신청이나 교수에게 성적을 문의하는 데까지 이릅니다.

'너는 어떻게 하고 싶어? 어떻게 생각해?'를 묻는 것은 너무 한가해 보입니다. 현실감이 떨어지는 이상적 대화입니다. 그렇다면 성적 지상주의 세상에서 부모의 보호 아래 자라난 아이들에게 '너는 이제 다 컸는데 왜 아직도 자율적이지 못하냐.' '주도적이지 못하냐.' '왜 네 생각이 없냐.'고 탓하는 것은 과연 합당한 일일까요? 요한 크리스토프 아놀드가 『용기』에서 한 말이 의미심장하게 다가옵니다.

"책에 여백이 필요하듯이, 아이들에게도 여백이 필요하다. 다시 말해, 아이들은 스스로 자랄 공간이 필요하다. 요즘 아이들은 과도한 물질적 혜택에 깔려 허우적거리고 있다. 그와 함께, 부모들은 아이들을 지나치게 자극하고 들볶으려 한다. 아이들이 자기만의 장단에 맞춰 자라기 위해 필요한 시간과 공간과 융통성을 빼앗긴 지 이미 오래다."

- 요한 크리스토프 아놀드, 『용기』, 쉴터

아이들을 위해서 알차게 계획한 여행이 갈등의 온상이 되는 경험, 한 번쯤은 하셨을 겁니다. 편안한 교통수단, 고급스러운 숙소, 산해진미는 물론이고 유적지, 명승지 등 의미 있고 풍성한 볼거리로 가득한 여행에 아이는 온갖 꼬투리를 잡아 투덜대며 언제 집에 가냐고 묻지요. 휴대 전화와 혼연일체가 된 아이를 지켜보는 건 단언컨대 성인군자가 아니면 견디기 힘듭니다. 특히 큰 맘 먹고 떠난 여행일수록 그런 아이들에 대한 원망도 크지요.

얼마 전 한 방송에서 나온 프로그램 〈아이와 여행하는 법〉은 가족 여행에 심드렁했던 아이들이 적극적으로 변한 모습을 보여 줬습니다. 반전의 비법은 누가 여행을 기획하는지에서 비롯되었습니다. 계획 단계부터 아이가 참여하게 하는 주도성 실험은 부모 손에 끌려 다니며 소극적인 아이를 적극적인 참여자로 바꿔 놓았습니다. 스스로 자랄 공간과 시간을 줄 때 나타나는 변화라고 생각합니다.

한 주에 두 번 함께하는 꽃친 모임에서도 초기엔 의사 결정을 할

여행을 떠나 어디를 둘러볼까,
무엇을 먹을까,
뭘 하며 놀까
궁리하는 시간은
여행만큼이나 즐겁습니다.

때 "머리 아프니까 선생님들이 그냥 결정해 주시면 안 돼요?"라는 민원이 심심찮게 있답니다. 어른이 주도하면 훨씬 효율적이고 편하니까 선생님들 역시 그러고 싶은 충동을 느끼고요. 하지만 끈질기게 아이들의 생각과 의견을 묻고 조율합니다. 여행 일정 일부를 아이들에게 위임하는 것부터 여행 전체를 계획해 보도록 영역을 확장합니다. 한 달에 하루 '꽃치너 데이'는 아이들이 오롯이 기획한 시간으로 보내는데, 선생님들이 결정해 주길 바라던 아이들이 맞나 싶을 정도로 자신들이 계획한 시간에 대한 만족도가 높습니다.

"오늘 점심 이후에 피아노 학원에 다녀왔다. 집 밖에 나왔는데 아무도 없는 아파트 단지 내 공원에서 바람이 약간 살랑거리고 덥지도 춥지도 않은 딱 봄 느낌의 햇빛과 웬일로 맑고 하얀 구름이 옹기종기 떠 있는 푸른 하늘 덕분에 진짜 기분이 좋았다. 내가 학교 다니면서 못 느껴 본 이 시간의 이런 느낌이었다. 정말 기분이 좋아서 공원을 가로질러 학원으로 가는 길이 소설에 나온 대로 진짜 가볍다고 느꼈다."

"나의 토요일이 살아났다. 이제 가족들과 함께 무언가 할 수 있고, 나갈 수 있다. 동생 숙제를 도와주기도 한다. 대단한 걸 하는 건 아니지만, 그냥 토요일을 토요일로 쓸 수 있는 게 너무 좋고 감사하다. 바로 고등학교 갔으면 이런 축복을 경험하지 못했겠지."

　3월 어느 날을 기록한 지영이와 희수의 일기는 머릿속으로 상상만 해도 콧노래가 나옵니다. 특히 희수는 중학교 생활이 무척 고단했던 터라 안식년의 달콤함을 십분 맛본 아이입니다.

　삶이라는 자동차 운전을 가르치기 위해 운전석에서 시범을 보여 주던 부모는 결국 아이에게 핸들을 내어 줘야 합니다. 아이들에게 운전대를 맡기는 것은 처음에는 낯설고 불안합니다. 정신 분석 학자 스캇 펙은 『아직도 가야 할 길』에서 이렇게 말했습니다.

> "사랑은 지각 있게 주는 것이고, 마찬가지로 지각 있게 주지 않는 것이다. (중략) 지각 있다는 것은 신중한 판단이 필요하다는 의미이며, 판단은 본능 이상의 것을 요구하는 것이다. 그것은 심사숙고해야 하며 때로는 고통스러운 결정을 해야 할 때도 있다."
>
> ― M. 스캇 펙, 『아직도 가야 할 길』, 율리시즈

　주던 것을 주지 않는 것은 아이를 위해 뭐라도 다해 주고픈 부모 본능을 눌러야 하는 괴로운 경험이더군요.

　학원까지 차로 데려다줄 수 있지만 혼자 가게 하고, 엄마가 나서면 확실하고 빠르게 처리할 수 있지만 아이가 직접 학교 행정실에 가서 해결하게 합니다. 서투르더라도 부모 없을 때 스스로 밥을 차려

서 먹을 수 있는 기회를 줍니다. 아이가 유리 그릇을 깰지도 모르는 위험을 감수해야겠지만요. 시험 기간에 엄마가 대신 밤새 암기할 것을 정리할 수 있지만, 자기만의 학습 방식을 익힐 시간을 주는 것은 어떤가요. 엄마가 밀착해서 도움을 줄 때보다 점수가 덜 나올 것을 각오해야 하는 괴로운 일입니다. 안식년을 유익한 활동만으로 빼곡하게 채워 줄 수 있는 능력도 있지만 아이 스스로 여백을 채우도록 눈 딱 감고 참는 것은 스캇 펙 박사 말대로 정말 고통스럽기까지 합니다.

"오늘은 아침에 일어나는 게 너무 힘들었다. 몸도 너무 힘들고 기분도 싱숭생숭했다. 며칠 동안 집에 혼자 있는 시간이 많아지면서 그 순간이 그냥 이상했다. 뭔지 몰라서 나도 답답하다. 말로 표현하기 어려운 지금 상태를 어떻게 해야 할지 정말 고민이다."

"작년에는 학교, 학원, 집의 반복이었다. 올해는 1년간 방학을 하기로 했으니 여러 가지 활동을 할 수 있다고 생각했는데 생각보다 어렵다. 책, 기타, 운동, 휴대 전화의 반복이다. 이러다가 일 년이 그냥 지나가지 않을까 하는 생각이 든다."

꽉 차 있던 일정표가 없어진 텅 빈 시간을 다루는 것은 얼마나 난이도가 높은 과제인지, 지윤이와 성우의 일기에 이들이 느끼는 괴로움이 잘 드러나 있습니다. 여백을 다루는 것은 만만한 일이 아닙니다. 흐트러지기 쉽지요. 어떻게 해야 할지 몰라 갈팡질팡합니다. 아이들은 여백을 잘못 메꾸어 가는 것 같다고 여길 때 불안해합니다.

혼자만의 방학을 유유자적하며 보내던 은율이는 어느 날, 내가 이토록 게을러질 수 있는 사람인지 절감했다고 합니다. 몇몇 꽂친 아이들도 비슷한 고백을 했습니다. 그 깨달음에는 자신에 대한 실망감도 담겨 있지만 뒤집어 보면 시간을 더 잘 보내고 싶다는 바람이 숨겨져 있습니다. 이들의 여백은 자기 장단을 찾아가는 시간이고, 넘어져야 비로소 익히는 균형 감각을 일깨우는 시간입니다. 바닥을 스스로 마주해야 얻어지는 유익이라고 할까요. 봄과 여름에 하향 곡선의 정점을 찍었던 영서도 가을부터 서서히 자기 삶을 추슬렀습니다.

"나는 부정적인 아이였는데 1년의 방학을 통해 긍정적으로 뭔가를 하고, 내가 가진 것에 감사하는 나를 보며 신기했어요."

시간의 여백에서 아이들은 자기 삶의 운전대를 붙잡고 연습할 자유를 누리며 스스로 하는 힘을 키웁니다. 자기 힘으로 낯선 곳을 찾아가는 경험도 사소해 보이지만 아이들에게는 자부심으로 축적되더군요. 이처럼 지켜보는 부모는 조금씩 마음 고생을 하지만 다행스럽게도 그러는 사이에 아이들은 배우고 성장합니다. '부모가 해 주던 것을 하지 않는 것'이 자기를 찾아가는 여행의 시작점에 서 있는 아이들을 응원하는 좋은 방법입니다. 열여섯, 열일곱 살, 홀로서기를 처음 연습하기에 딱 좋은 시기입니다.

잊힌 권리 되찾아 주기
운동 본부

악동뮤지션 찬혁과 수현 남매는 초등학생, 중학생 시기를 선교사 아버지를 따라 몽골에서 지냈습니다. 외국인 학교에 다닐 형편이 안 되어 한동안 홈스쿨링을 했는데, 이 시기에 부자 사이의 갈등이 깊어졌다고 해요. 사춘기에 접어든 찬혁이와 아빠의 오랜 씨름 끝에 아빠가 깨달은 바가 있어 아들에게 용서를 구하고 관계가 회복되었답니다. 그즈음 빽빽하던 온라인 교과 학습으로부터 아이들을 자유롭게 하고 실컷 놀고 딴짓을 하도록 허용했다고 하네요.

아는 형이 만든 노래가 인기가 높아지자 부러워서 기타를 잡게 된 찬혁이는 동생과 함께 숨겨진 음악성을 드러내기 시작했습니다. 부모는 "와, 어떻게 이런 가사를 쓸 수 있었니? 재밌다."라고 응원하며 아이들의 놀이를 함께 즐겼답니다. 찬혁이가 짓고 남매가 함께 부른 노래 영상을 아빠가 유튜브에 올린 것을 계기로 오디션 프로그램에 참가했다고 합니다.

악동뮤지션 남매에게 학습 부담 없는 넉넉한 시간이 주어지지 않았다면 그들의 끼가 이처럼 세상에서 빛을 봤을까요? 우리 부부는 '아이가 누린 여백'이라는 공통분모로 악동뮤지션 부모님과 만나게 되었고, 두 분은 든든한 조언자이자 응원군으로 꽃친 태동기부터 지금까지 함께하고 계십니다.

꽃다운친구들을 준비하면서 주변의 경험과 조언을 듣는 시간을 충분히 가졌습니다. 우리 가정의 한정된 경험만으로는 부족하다고 생각했기 때문입니다. 2014년 가을은 때마침 오디세이학교가 시동을 걸고 있어서 설명회도 다녀오고, 실무 책임자이신 정병오 선생님(좋은교사운동 전 공동 대표)을 만났습니다. 선생님 자녀가 1년간 학업을 쉰 경험을 통해 선생님도 한 박자 쉬어 가는 시간의 긍정적인 의미를 확신하고 계셨기에 참 반가웠습니다. 청소년의 건강한 성장을 위해 방학다운 방학을 선물하자는 저희 주장에 많은 힘을 실어 주셔서 첫발을 내딛는 데 큰 도움이 되었습니다.

교육학 용어 사전에서 방학은 '학생의 건전한 발달을 위한 심신의 피로를 덜기 위해서 실시하는 장기간의 휴가'로 정의합니다. 그러나 오늘날 방학은 한 달 안팎으로 짧아져서 장기간도 아닐뿐더러 더 이상 심신의 피로를 줄이는 휴가가 아닙니다. 대한민국 청소년은 방학 때 다음 학기를 강도 높게 준비하기에 오히려 피로가 가중되는 기간이 되어 버렸으니까요. 방학의 정의를 다시 써야 할 만큼 방학은 원래 뜻에서 멀어졌습니다.

안식년은 학교 공부 시스템에서 합법적으로 벗어난 방학 그 자체입니다. 딸이 고등학교 2학년이었던 어느 날, 남편과 딸의 수다가 깊은 밤까지 이어졌습니다.

"아빠, 우리 반 아이들이나 한 학년 위 내 친구들이 걱정돼. 모두 자기 생각 없이 선생님이 하라는 대로 학교생활을 하는 것 같아. 이러다가 입시 앞두고, 대학에 가서, 아니면 대학 졸업 후 직장 생활하다가 인생 고민하면서 멍 때리는 시간이 있을 거 같아. 그런데 나는 재작년에 미리 그런 시간을 넉넉히 가져서 참 다행이야."

딸에게 안식년이 어떤 의미였는지 엿볼 수 있었습니다.

> "아동들이 스스로의 삶에서 주체성을 발휘할 권리를 보장받는 것이 삶의 질 향상에서 중요한 요인이 된다. 적성, 진로, 시간 사용 등에서 자신이 원하는 것을 발견하고, 자신이 원하는 대로 시도해 볼 수 있는 자유와 선택권이 보장되는 것이 행복감을 높이는 데 필수적이다."
>
> - 진미정, 「"한국 아동 삶의 질에 관한 종합지수"에 대한 토론문」, (한국 아동의 삶의 질 3차년도 연구발표회)

아이들의 행복감이 주체성을 발휘할 권리를 보장받는 것과 관련이 있다는 말에 깊이 공감합니다. 아이들이 왜 노는 시간에 행복해하는지 조금만 생각해 보면 이 말을 이해하기 쉬워집니다. 부모의 관리와 감독을 벗어나 자기 마음대로 무언가를 할 수 있는 자유를 만끽하는 시간이기 때문에 놀고 싶어 합니다. 그런데 지금 아이들은 그런 시간을 넉넉히 보장받지 못한 채 유치원과 초등학교를 보냅니다. 특히 입시 예비 단계인 중학생이 된 이후는 자유를 누리는 삶과 더욱 거리가 멀어집니다. 앞서 인용한 연구발표회에 참석했던 한 중학생의 뼈 있는 이야기를 옮겨 봅니다.

"생기부(생활기록부) 인생을 사는 우리는 절대적으로 자유 시간이 부족합니다. 항상 해야 할 일이 쌓여 있다고 해도 과언이 아닙니다. 그래서 제일 덜 급하고 점수화되지 않을 일들이 가장 먼저 우리의 인생에서 지워집니다. 어쩌면 행복은 지워진 일 속에 있을지도 모릅니다."

친구랑 놀고 빈둥거리며, 자기 마음대로 지내는 시간은 그 효과가 얼른 드러나지도 않고, 점수화될 수도 없기에 늘 무시당합니다. 실은 거기에 아이들의 행복 포인트가 있는데 말입니다. 알면서도 외면했던 사실이지요. 아이들에게서 지워진 중요한 부분을 되살려 주려면 어른들의 과한 개입이 남긴 독소를 먼저 씻어 내야 합니다. 놀수 있는 자유를 빼앗겼던 아이들에게 눈치 안 보고 노는 넉넉한 시간을 허락하는 것부터 시작할 수 있습니다.

안타깝게도 독소를 씻어 내는 과정에는 부모의 고통이 뒤따릅니다. 애초에 빈둥거릴 것을 예상하긴 했으나 실제 상황에 돌입하자 한없이 시간을 낭비하는 듯 보이는 아이를 고운 눈으로 바라보기 힘들거든요. 자고 또 자는 아이를 예쁘다고 바라보는 시기는 딱 신생아 때뿐인데, 커다란 열일곱 살 아이가 그러면 무척 심란합니다. 무슨

짓을 한 건가 후회가 될 때도 있다는 부모님들의 푸념을 듣는 시기가 바로 그때입니다.

공부는 하지 않더라도 다른 활동으로 알차게 시간을 채웠으면 하던 바람도 시간이 흐르면서 서서히 잊히고, 노닥거리는 아이를 보는 것도 익숙해집니다. 은율이는 안식년에 얼굴도 밝아지고 피부도 좋아졌습니다. 예상하지 못했던 쉼의 부대 효과라고나 할까요. 한창 외모에 관심 있던 아이에게는 가장 의미 있는 효과였습니다. 그때가 자기 평생에 가장 '꿀피부'였다고 아련한 눈빛이 되어 회상하는 딸을 보면 웃음이 나옵니다. 잠을 자든 드라마 삼매경에 빠지든, 하고 싶은 대로 자기 시간을 사용하면 삶이 편안하고 즐거울 수밖에 없습니다. 마음이 편안해진 아이와 나누는 대화도 부드러워지면서 저에게 있던 독소도 서서히 빠져나갔습니다. 지워질 뻔했던 행복 포인트는 안식년 전체에 걸쳐 하나씩 그 모습을 드러냅니다.

승겸이는 주어지는 모든 과업을 성실하게 수행하는 청소년입니다. 중학교 3년 내내 과제와 시험에 최선을 다했지요. 부모님은 늘 열심히 사느라 피곤한 승겸이에게 고등학교 진학을 앞두고 충분한 휴식이 필요하다고 느끼셨다고 해요. 승겸이가 쉬면서 자신의 미래를 진지하게 생각하는 시간을 가지기를 바라셨답니다. 정해진 틀 안에서 반듯하게 지내 온 승겸이에게 1년이나 되는 방학이란 마치 탈선과 같았기에 결정이 쉽지 않았겠지요. 설명회에 와서 선배들의 이야기도 듣고, 상담을 두 차례 거친 후에야 마음을 굳혔습니다.

한 달에 한 번, '꽃치녀 데이'는
꽃치녀들이 특별히 기획하고 실행하는,
무조건 재미있게 지내는 날입니다.

1년의 방학을 시작하는 날을 기념하는 '방학식' 이후 두어 달은 남아도는 시간을 어찌할 줄 몰라 방황하는 듯했습니다. "아무것도 하지 않고 빈둥거려도 돼. 힘 좀 빼고 쉬어."라는 아빠의 조언은 모범생인 승겸이에게는 꽤 어려운 주문이었습니다. 승겸이는 서서히 자유로움에 적응했고, 방학을 마칠 때쯤 느낀 점을 말했습니다.

"인생에서 처음으로 평범을 벗어났어요. 꽃친을 하기 전에는 평범한 것을 좋아하고 남과 다른 것을 불안해하며 해야 하는 일에 대해 스트레스를 받는 17살 청소년이었죠. 꽃친을 마치는 지금, 저는 중학교 졸업과 고등학교 입학의 중간에서 잠시 시간을 멈춘 17.5세의 청소년이에요. 특별한 것을 좋아하고 남과 달라도 불안해하지 않으며 할 일이 있어도 놀 때는 놀 줄 알아요."

안식년을 시작하고서야 비로소 토요일이 살아났다고 기뻐했던 희수는 중학교 3학년 가을에 기진맥진한 상태로 꽃친 문을 두드렸습니다. 학업에 매진하느라 숨 쉴 틈 없이 달려온 딸이 이대로 진학하면 안 되겠다 위기감을 느낀 부모님이 먼저 상담하러 오셨습니다. 얼마 뒤 희수도 자신에게 쉼이 필요함을 인정하고 꽃친에 참여하기로 했습니다.

"나는 바쁜 생활을 멈추고 휴식하며 내 삶을 진지하게 생각할 시간이 필요했다. 당시에는 내 미래를 위한 좋은 결정이라는 확신은 없었다. 한 번 시작하면 다음 단계로 계속 전진하는 게 당연한 우리나라에서 멈춘다는 것은 너무 생소한 일이었기 때문이다. 친구들과 다른 길을 간다는 것이 불안했다. 내가 안식년을 갖기로 했다는 소식을 듣고 어떤 친구들은 공부 흐름이 끊겨 성적이 떨어질 거라고 나를 걱정했고 또 다른 친구들은 부러워했다. 고등학교에 입학한 친구들 소식을 들으며 처음 두 달 동안은 9시까지 늦잠 자고 공부도 안 하는 내 모습이 비교되어 정말 잘하는 것인지 반신반의했다. 그러나 이것이 옳은 결정이었음을 서서히 그러나 굳게 확신했다. 이유는 여러 가지다. 학교 다닐 때 나는 스트레스와 긴장으로 힘들었는데, 휴식을 통해 초조해하지 않고 무척 편안해진 나를 발견했다. 그리고 꽃다운친구들 모임에서 멋진 친구들과 선생님들을 만났다. 매일 학교에 다니는 생활을 했다면 만나기 어려웠을 다양한 사람을 만나고 새롭고 특별한 경험을 하는 기회도 많았다. 무엇보다 나는 여유 있게 가족들과 시간을 보낼 수 있어서 정말 좋았다. 여러 의미 있는 일이 있었지만 가장 소중했던 한 가지는 사람들 앞에서 내 삶을 소개했던 순간이었다. 내가 보낸 시간을 뒤돌아보며 나의 고유한 가치를 깊이 생각하고 감사할 수 있었다.”

스스로 선택한 특별한 시간을 자신의 방식대로 해석하고 의미를 부여할 줄 알게 된 것도 쉼이 가져다 준 선물입니다. 1년의 방학을 마치고 고등학교에 입학한 아이들은 한 달 정도는 빡빡한 일과에 적응하느라 몸과 마음이 고달파집니다. 그런데 한 학기를 보내고 이렇게 말합니다. "작년에 잤던 잠이 그립지만 그때 실컷 쉬었으니 공부해야죠." 심지어 공부가 재밌다며 웃는 아이도 있습니다.

고등학교에서 이어질 더 힘든 공부를 잘하게 하기 위한 방편으로 안식년을 선택한 건 아니었는데 그 시간을 보낸 아이들에게 선물처럼 주어진 신비한 에너지라고 여겨집니다. 고된 일에 시달려 소진되었던 직장인이 긴 연휴에 충분히 쉬고 나서 일터에 나갈 때, 사라진 줄만 알았던 의욕이 스멀스멀 올라오는 것과 비슷한 이치가 아닐까요.

한창 공부해야 할 아이들이 너무 많이 놀면 망가지지 않을까 하는 걱정은, 이제까지의 경험으로는 기우였습니다. 쉼은 소생하는 에너지를 품고 있음을 눈으로 확인했거든요. 누가 강요해서 억지로 끌려가는 걸음이 아니라 스스로 내딛었기에 생긴 근육도 보입니다.

꽃다운친구들을 가장 짧게 설명하면 아이들의 시간을 아이들에게 되돌려 주는 청소년 인권 운동입니다. 인권은 특별한 이유 때문에 조건적으로 누리는 것이 아니고 사람으로 태어났기에 부여받은 것입니다. 잊힐 위기에 처한, '아이들이 쉬고 놀 권리'를 되찾아 주기 위해 꽃친이 기꺼이 운동 본부가 되겠습니다.

자기다움을
찾아가는 여행

올해 봄 꽃치녀 두 명이 차례로 노랑머리가 되어 나타났습니다. 아이들은 부러운 눈길로 노랑머리 친구를 바라보며 멋지다고 앞다퉈 말합니다. 제 아들도 열일곱 살 겨울에 머리를 수차례 탈색하더니 카키색, 보라색 등으로 번갈아 물들였습니다. 두발 자율 고등학교에 진학해서 누리는 자유였지만, 머릿결도 상하고 비용도 많이 드는데 왜 머리카락을 가만두지 않는지 물어봤습니다. "특별해지고 싶어서."라는 간단한 대답이 돌아왔습니다. 아들의 취향을 존중하려고 나름 애썼지만 특별해지려는 아이를 지켜보는 구세대 엄마는 괴로웠지요. 튀어도 너무 튀니까요.

이 시기만큼 개성을 드러내고 자기 존재를 증명하려는 몸부림이 치열한 때가 인생에 다시 있을까 싶습니다. 어른은 직업이나 취미, 소유물 등 자신을 보여 주는 많은 요소가 있지만, 청소년이 개성을 표현할 수 있는 영역은 외모 꾸미기 정도이니 거기에 많은 시간과 용돈을 투자하는 아이들을 무조건 탓하기 어렵더군요. 사실 가끔은 튀는 머리 모양, 옷, 화장으로 개성을 추구하는 아이들의 용기가 가상하게 여겨집니다. 솔직히 말하면 조금 부럽기도 합니다.

외모에 공을 들일 때 드러나는 변화만큼 눈에 잘 띄진 않아도 내면의 '자기 찾기' 역시 진지하게 이루어질 수 있는 시기입니다. 꽃친 선생님들은 아이들이 자기를 찾아가는 여행을 잘할 수 있도록 돕는 역할을 합니다. 여행의 출발점에서 16가지 성격 유형으로 자신을 해석해 보며, '나는 어디서 에너지를 얻는가' '어떤 정보를 받아들이는가' '어떻게 결정하는가' 등을 알아보는 시간을 가집니다.

"자기를 설명하는 말이 많을수록 매력적인 사람입니다."

MBTI로 자기 이해의 첫 걸음을 떼도록 도와주신 채윤이 어머님인 정신실 선생님의 말씀입니다. 남이 원하는 모습으로 치장한 얼굴이 아니라 자기 민낯을 그대로 세세하게 알아 갈수록 자신을 풍성하게 설명할 수 있겠지요.

자기를 알기 위해서는 다양한 질문이 필요합니다. 나는 무엇을 좋아하는가, 무엇을 힘들어 하는가, 나를 오래도록 행복하게 하는 것은 무엇인가, 앞으로 어떻게 살고 싶은가……. 한 해 동안 그런 질문들로 아이들의 머리와 마음을 깨우려고 노력합니다. 자기다움을 찾아가는 여행에 도움이 된다고 믿기 때문이지요. 일박 엠티를 가서는 '너의 뿌리는 어떤 사람, 어떤 사건들로 이루어져 있니?' '그 뿌리는 어떤 열매를 맺게 했니?'라는 질문으로 심야 토크 시간을 가집니다.

수시로 받는 질문에 답하려면 아이들은 여러모로 자신을 조명할 수밖에 없습니다. 생각과 느낌을 말하는 것이 익숙하지 않아 처음에는 아주 간단한 질문도 버거워합니다. 하지만 자기 안에 머물러 보는 시간이 거듭될수록 답하는 것이 수월해지는 것을 볼 수 있습니다. 해마다 예외가 없지요.

각자가 '덕질'(빠져 있는 활동)을 공개하는 '덕밍아웃'은 자기를 이해하고 친구를 알아가는 데 도움을 주는 활동입니다. 저는 아이들의 그 시간을 좋아합니다. 아이들의 심심풀이 취미 생활이라고 하기에는 꽤 깊이가 있고, 무척 다채로운 세계이기에 흥미진진하거든요. 아이돌, 재즈 음악, 역사책, 큐브 맞추기, 뜨개질, 그림 그리기, 페이퍼아트, 운동화 디자인, 애니메이션, 영화 등 활동에 입덕(입문)하게 된 계기를 들려줍니다. 어느 정도까지 몰입하고 시간과 돈을 투자했는지까지 듣고 나면 한 명 한 명의 개성이 더 뚜렷이 보이기 시작하지요. 특히 덕질에 대한 진지한 태도가 놀랍습니다.

성우는 딱히 덕질이라고 내세울 만한 게 없어 한참 고민했습니다. 자기를 탐구하는 시간이 많이 필요했습니다. 마침내 친구들 얼굴과 이름, 특징을 남달리 오래도록 기억하는 것을 보니 자신이 '사람'에 관심이 많은 '사람 덕후'인 것 같다고 커밍아웃 했을 때 저는 무릎을 탁 쳤습니다. 모둠 안에서 볼 수 있는 성우의 특징을 잘 설명한다고 생각했지요.

꽃친 첫 여행의 첫날밤에는 친구들 앞에서 자신의 장점을 대놓고 자랑하도록 멍석을 깔아 줬습니다. 모두 난감해하며 오글거려서 못하겠다고 난리였지요. "자랑은 이렇게 하는거야." 하고 보란 듯이 시범을 보이려 했으나 저조차도 진땀이 삐질삐질 나더라고요. 스피드 스케이팅을 잘하는 의준이가 민망함을 무릅쓰고 맨땅에서 맨발로 멋지게 스케이팅 포즈를 취했습니다. 그러자 분위기가 급반전되고 모두 배꼽을 잡아야 할 정도로 셀프 자랑 시간은 즐거워졌습니다. 겸손이 미덕인 우리 문화에서 자랑질은 힘들 거라고 예상했는데 그렇지 않다는 걸 깨달았습니다. 아이들 하나하나가 자기만의 색깔로 반짝거리던 밤이었답니다.

자녀를 키우면서 기를 꺾지 않아야겠다고 부모들은 다짐하고 또 다짐하지만 이상하게 유치원, 초등학교에 이어 중학교에 들어가면서 점점 아이들의 자아상은 쪼그라듭니다. 엄친아나 엄친딸로 공인된 아이들조차 건강한 자존감을 갖지 못한 경우를 종종 봅니다. 어떤 이유로 그렇게 되었건 찌그러진 자아상을 가진 아이들에게 자기다움을 찾는 과정은 그리 녹록하지 않아 보입니다.

부모와 학교, 사회가 요구하는 근사한 기준에 맞추어 남보다 더 열심히 달음질해야 겨우 인정과 사랑을 받아 왔기에 자신을 알아 가고 자기다움을 찾는다는 것은 어쩌면 사치스러운 일이지 않았을까요. 그래서 꽃친 정기 모임에서는 그 사치를 맘껏 누리게 하려고 이런저런 활동을 고안하고 있답니다.

사진, 음악, 그림과 연극 등 예술 활동을 매개로 자기를 표현할 때 아이들은 한결 자유로워집니다. 사진을 배우면서 안식년을 시작한 뒤 새롭게 보이게 된 것을 찍어 오기로 했습니다. 아빠가 자기 방문에 살며시 걸어 놓고 간 장식이 있다는 걸 몇 달 만에 발견한 지윤이는 사진을 찍으면서 아빠의 세심한 사랑에 뒤늦게 감동했다고 말합니다. 지윤이는 그 사랑을 알아보는 눈이 있는 거죠.

의준이는 글쓰기를 어려워하는 자신을 그림으로 표현하고 그것을 사진으로 찍었습니다. 의준이의 스토리를 시각적으로 잘 담아내서 사진 선생님께 칭찬도 받았더랬죠. 수인이는 고층 아파트 창문 밖으로 이른 아침에 등교하는 친구들 모습을 사진에 담아 자신이 누리는 여유의 특별함을 표현했습니다. 안식년 초기에는 고등학교에 진학한 친구들의 생활과 비교하면서 불안해지기 쉬운데 수인이는 그것을 특별함으로 이해했다는 의미입니다.

애니메이션 캐릭터를 만들어 자기를 소개할 때도, 신생아기부터 지금까지의 모습을 나이별로 러시아 나무 인형인 마트료시카에 그린 표정을 설명할 때도 아이마다 고유한 히스토리가 펼쳐졌습니다. 열여섯, 열일곱 해 짧은 인생이라도 돌아볼 거리가 있다는 것을 신기해하는 눈치였습니다. 곁에서 좋은 질문과 활동으로 약간의 자극만 주면 아이들은 자신에게 시선을 돌릴 수 있다는 것을 알았습니다. 처음엔 더듬거리지만 시간이 갈수록 능숙하고 진지하게 자기 마음과 생각을 탐색합니다. 그 과정이 내면의 성장으로 이어지는 거겠죠.

음악 활동 시간에는 좋아하는 노래를 친구들에게 소개하고 직접 노래를 부르기도 하고, 흥겨운 리듬에 맞춰 몸을 흔들기도 하며 음악을 누렸습니다. 자기 몸이 꽤 유연하다는 것을 새삼 알게 된 아이도 있었고, 강석이는 비트박스에 남다른 재능이 있다는 걸 처음 알게 되었지요.

세월호 참사로 희생된 언니 오빠들을 기억하는 노래를 만든 경험은 모두에게 깊은 인상을 남겼습니다. 열한 명의 지성과 감성을 모아 가사를 쓰고 곡조를 만들었고, 각자 다룰 수 있는 악기를 연주하거나 노래를 불러 녹음했습니다. 저마다의 색깔로 참여하면서 동시에 하모니를 만들어 가는 시간이 주는 감동이 있었습니다.

1년의 방학을 마칠 무렵, 그동안 무엇이 달라졌는지, 어떤 사람이 되고 싶은지 묻자 아이들의 답은 아이들 숫자만큼 다양했습니다. 그냥 나온 답이 아니라는 걸 잘 압니다. 수많은 생각과 고민을 거치며 자기를 새롭게 출산하기 위한 아이들의 소소한 진통을 지켜보았습니다. 옆에 있던 제 눈에 포착된 힘겨움보다 아이들 마음속 보이지 않는 어려움은 더 컸을 것입니다. 그 시간을 통과했기에 방학을 마무리할 즈음엔 처음보다 훨씬 자기다운 꽃송이가 되었습니다. 다른 꽃에 비해 탁월한 꽃이 아니라 자기만의 매력으로 승부하는 열한 송이 꽃으로요.

사람을 좋아하는 성우는 이렇게 말했습니다.

"자유로워지고 또 자신감도 많이 생겼어요. 1년 동안 저를 많이 알아 갔어요. 그리고 사람을 많이 만나는 게 진짜 중요해요. 저를 소개하면서 저를 알게 되더라고요. 그걸 깨달았어요."

자기를 찾아가는 여행은 꼭 자기 안으로만 파고드는 시간을 말하는 것은 아닙니다. '다른 사람 앞에 선 나'를 '바라보는 나'가 있습니다. 그렇게 자기를 발견하기도 합니다.

모두의 꿈 이야기를 한데 녹여 만든 연극 〈여행, 꿈, 친구〉는 방학 마지막 날의 대미를 장식했습니다. 진솔한 생각이 묻어 나는 대사와 어설픈 듯 진지한 몸짓이 조화를 이룬 작품으로 가족들의 뜨거운 박수를 받았지요. 안식년 동안 왕성하게 시작된 자기 찾기, 꿈 찾기는 방학을 마무리한 뒤로도 계속될 미래 진행형 프로젝트라는 걸 실감하게 하는 뜻깊은 공연이었습니다.

노랑머리 아들의 이야기를 좀 더 할게요. 중학교 다닐 때 관심 있는 특성화 고등학교 설명회에 두 번이나 다녀온 아들은 누나처럼 안식년을 가질 생각이 없다고 했습니다. 그러나 아들에게 언제든 생각이 바뀌면 얘기하라고 말해 뒀지요. 원하던 고등학교에 입학 허가를 받고 난 상태였는데 생각이 바뀌었는지 꽃친에 참여하겠다고 해서 입학 취소 절차를 밟아야 했습니다. 그런데 취소하러 학교에 갔다가 또 한 번의 반전으로 안식년 없이 진학하게 되었답니다. 순전히 아들의 결심으로 말이지요.

자유로워지려고 가지는 안식년인데 그 선택을 강제로 하게 하는 것은 어불성설이기에 아들의 결정을 존중했습니다. 입학 후 가끔씩 밤을 새우며 게임 디자인 작업을 할 때는 다음 날 등교하기 힘드니

타인의 기대에 종속되면
진짜 자기다움은 빛을 잃을 수밖에 없습니다.
1년이라는 여유로운 시간은
자기 색깔을 찾아가기 위한 훌륭한 바탕이 됩니다.

적당히 하라고 말리지만, 목말랐던 배움의 바다를 헤엄치는 아들이 기특하다는 생각도 듭니다.

자기다움은 주변의 기대나 억지로 하는 것에서 자유로워질 때 더욱 선명해짐을 관찰하는 중입니다. 타인의 기대에 종속되면 진짜 자기다움은 빛을 잃을 수밖에 없습니다. 1년이라는 여유로운 시간은 자기 색깔을 찾아가기 위한 훌륭한 바탕이 됩니다.

반갑다, 사춘기야!

유아의 문제 행동을 전문가의 도움을 받아 교정하는 TV 프로그램이 수년간 인기리에 방영되었습니다. 문제 행동이 개선되었을 때 나오는 감격스러운 선언, 〈우리 아이가 달라졌어요〉가 그 제목이지요. 그런데 감격이 아닌 탄식으로서 이 세 마디가 절실하게 떠오르는 때가 있으니 바로 사춘기입니다. 남부럽지 않게 착하고 예의 바르고 공부도 곧잘 하던 어여쁜 아이가 달라도 너무 달라져 적응이 안 되는 시기이지요.

이때 아이들은 "아, 짜증 나."를 남발함으로써 부모와 대화를 '대놓고 화내는 시간'으로 만들고는 합니다. 세상이 자신을 중심으로 돌아간다고 믿으니 눈에 뵈는 게 없지요. 또 모두가 자기를 주목한다고 착각하기 때문에 두부를 사 오라고 심부름을 보내도 옷 차려입고 화장하는 데 기본 십 분 이상 걸립니다. 두부가 도착하면 끓고 있던 된장국이 반쯤 졸아 있습니다.

그 정도는 애교로 봐주어도 전에 없던 반항심을 마주할 때는 매우 당혹스럽습니다. 방문 닫고 들어가 버리면 아이가 그렇게나 멀게 느껴질 수가 없고 섭섭해서 화가 납니다. 어떤 날은 예전의 아이 그대로인데 다음 날은 조심스럽게 대해야 할 손님처럼 느껴집니다. 자녀 양육 기간 중 가장 수월치 않은 시기라고 여겨집니다.

부모 입장에서 본 아이의 사춘기가 이렇다면 사춘기 당사자는 이 시기를 어떻게 이해할까요? 청소년 본인도 자신의 종잡을 수 없는 감정에 당황스럽다고 합니다. 깔깔거리며 재미난 이야기를 하던 아이가 잠시 후 갑자기 세상 다 끝날 것 같은 표정으로 한숨을 푸욱 쉬며 고개를 떨구었습니다. 왜 그러냐고 물으니 "저도 모르겠어요. 갑자기 기분이 나빠져요."라고 답하더군요. 스스로 잘 통제가 안 되는 상황이 있나 봅니다. 호르몬 분비가 불균형해서 벌어지는 일이라고 하지만 곁에서 볼 때 불편한 건 어쩔 수 없습니다.

십 대들은 이렇게 오락가락 들쭉날쭉합니다. 성인과 어린이의 경계에서 갈팡질팡합니다. 인생 최초의 정체성 위기를 맞이한 거죠. "내가 알아서 하니까 신경 꺼 주세요."라며 어른이 다 된 것처럼 부모의 간섭이 싫다고 뿌리치는가 하면, "나한테 관심이 있기나 해?"라고 사랑에 목마르다며 눈물을 그렁그렁할 때도 있습니다. 대체 어느 장단에 춤을 춰야 하는지 난감하지요. 내면에서 일어나는 자기 회의와 충동성, 혼란 때문에 부모와 갈등을 빚습니다. 우리 집도 스물세 살, 열여덟 살 아이 둘과 여전히 부대끼는 중입니다.

사춘기는 자라는 과정에서 꼭 거쳐야 할 관문입니다. 자기 안과 밖에서 갈등하는 시간 없이 십 대를 보내 버린 아이들은 이십 대, 삼십 대를 지나며 때늦은 방황을 할 수밖에 없습니다. 전문 용어로는 '정체성 유실'이라고 하지요. 부모의 기대와 목표를 자신의 것으로 내면화하고, 부모의 요구에 순응해 버리는 것입니다. 이것이 아마도 캥거루족의 탄생 배경이지 않을까요. 사회학자 케니스턴은 청소년기에 관해 이렇게 말했습니다.

"청소년기 동안 갈등하지 않는다는 것은 심리적인 성숙이 이루어지고 있지 않다는 불길한 조짐이다."

청소년기에 겪는 혼란과 갈등을 비정상이라고 여기거나, 견디기 괴로우니까 인위적으로 제거해 버린다면 더 큰 비정상이 예고되어 있음을 잊지 말아야 합니다. 청소년기에 내가 누구인지, 어떤 사람이 되고 싶은지를 얼마나 고민하는가에 따라 정체성 형성이라는 발달 과업의 성취 여부가 결정됩니다. 고민하는 아이는 모험을 시도하고 권위에 반항하기도 하면서 자기 삶을 만들어 갑니다. 갈등과 실패 경험은 어쩔 수 없이 뒤따르겠지만 인생 첫 번째 위기를 극복한 경험은 앞으로의 삶에 큰 자산이 됩니다. 달갑지는 않아도 위기란 인생이라는 바다에 수시로 찾아오는 파도이니까요.

꽃치녀들이 방학을 마치면서 남긴 이야기에는 1년 농사의 알곡들이 담겨 있습니다.

"제가 엄청 많이 달라졌는데, 고민이 더 많아졌어요. 좀 더 성숙해진 것 같아요."

"꽃친 안에서든 밖에서든 문제를 맞닥뜨리고 직접 해결을 하잖아요. 이런 과정에서 고민과 생각을 많이 했어요."

성우는 방학 동안 '진지충'(모든 일에 지나치게 진지한 태도로 반응하는 사람을 가리키는 속어)이 되었다며 웃었습니다.

"집에서 혼자 게임하다가 질리면 멍 때리다가 이런저런 생각 하다가……."

스스로 평가하기에 자신이 이전과 달리 제법 진지한 생각을 하고 있다는 이야기지요. 얼마나 진지한지를 객관적으로 측정할 수는 없지만, 이전과 현재를 비교하는 것 역시 진지한 자기 관찰에서부터 나오므로 그 말은 참입니다.

꽃치녀들에게 어떤 사람이 되고 싶은지 물어봤습니다.

"뭘 하고 싶은지는 모르겠는데 사람들이 많이 찾고 좋아하는 사람이 되고 싶어요."

"왜 그런 사람이 되고 싶은데?"

"사람들이 저를 많이 찾는다는 건 제가 가치가 있다는 거고, 저를 좋아한다는 건 제가 매력적이라는 거잖아요."

경쟁적인 중학교 생활에서 좌절하고 실패하면서 "나, 너무 싫다."라고 했던 지윤이는 방학을 지내면서 예전보다는 자신을 좋아하게 되었습니다.

"사람들이 저를 좋아하는 것도 좋은데 나 자신을 좋아하는 사람이 되고 싶어요."

자기를 좋아하는 사람이 되고 싶다는 지윤이가 참 멋집니다.

예슬이는 이런 꿈을 꿉니다.

"저는 다른 사람의 말을 잘 듣는 사람이 되고 싶어요. 그리고 친화력 있는 사람이 되고 싶고요. 다른 사람이 같이 놀고 싶어 하고, 같이 일하고 싶어 하는 사람이 되고 싶어요."

청소년들의 정체성 고민은 장차 살고 싶은 삶으로 확장되어 갑니다.

"제가 고등학교 때쯤, '인생이 뭔가, 나는 대체 뭘 하려고 지금 힘들게 공부를 하지?' 이런 고민이 떠오를 때, 그런 생각을 딱 차단했어요. '내가 이러면 좋은 대학에 못 가지.' 하고 막 공부했던 기억이 나요. 그래서 대학에 가고, 직장 가서도 시행착오가 많았어요. 물론 시행착오도 나빴던 것은 아니지만 그 시기에 고민해야 하는데 미뤄 두고 '지금 그럴 때가 아니야.' 했던 생각이 나요. 저는 아이가 방학을 통해서 이 시기에 할 수 있는 고민들, 왜 사는지, 자기는 누군지, 어떻게 살고 싶은지, 이런 생각을 하면 좋겠어요."

꽃친 가족 중 한 부모님의 말씀입니다. 꼭 필요한 고민을 접어 두고 책상에만 앉아서 모든 승부를 걸고 있는 수많은 청소년에게 "지금이 바로 고민할 때야, 얘들아."라고 방황을 허락하는 어른들이 필요합니다. 그 어른에 부모가 포함된다면 그보다 더 좋을 순 없겠죠.

자녀의 '평생 담임 교사'라고도 하지요. 평생 담임이자 상수인 부

인생을 고민하고
혼란스러워하며
방황하는 시간을 겪은 아이는
그 속에서 스스로 자랍니다.

모가 아이가 어릴 때나 청소년기에나 같은 역할을 하고 있다면 그 가정은 이미 큰 갈등이 불거져 나왔거나 마음 밑으로 숨겨진 생채기가 있을 수밖에 없습니다.

한국비폭력대화센터 이윤정 부대표는 『아이는 사춘기 엄마는 성장기』라는 책에서 자녀의 사춘기를 부모도 함께 성장하라는 신호로 받아들이라고 합니다. 사춘기에 접어든 아이가 성장통을 느낄 때 부모 역시 획기적인 변신을 해야 하는데 그때를 알아차리는 것이 참 중요합니다. 마음이 불편할 때가 바로 달라져야 할 무언가를 생각할 시기입니다. 대부분 당혹스러움, 화라는 부정적인 감정과 함께 오기 때문에 힘으로 통제해서 문제를 해결하고 싶은 유혹을 받지만 바람직한 답은 반대로 그 힘을 빼는 것입니다. 부모 힘을 빼야 비로소 아이 힘이 길러집니다. 머리로는 알겠지만 실제로 경험하는 것은 쉽지 않은, 얄궂은 법칙이더군요. 평생담임교사라는 어마무시한 별명을 가진 부모가 이때 얼마나 적절히 힘을 빼느냐에 따라 아이 삶의 질이 달라집니다. 그리고 부모 자신의 삶도 전전긍긍에서 홀가분으로 달라집니다.

아이가 인생을 고민하고 혼란스러워하는 시간을 겪도록 하면 그 속에서 스스로 자랍니다. 진지한 생각도 하면서 여물어 갑니다. 자기를 믿고, 좋아하게 됩니다. 이런 변화가 분명히 일어납니다. 사춘기의 가치는 조마조마한 혼란과 갈등 뒤 필연적으로 뒤따라오는 뿌듯한 성장에 있는 게 아닐까요.

질풍노도의 사춘기 자녀를 둔 부모가 닦아야 할 도를 '내비도 (道)'라고 하던데 들어 보셨는지요. 기막히게 적절한 표현입니다. 그 시기를 적극적으로 겪어 낸 자만이 열매를 손에 쥘 수 있는데, 그러려면 좀 내버려 두라는 거죠. 은율이를 1년 동안 통째로 내버려 뒤 본 저는 도에 입문한 셈이겠네요. 사춘기 갈등을 잘 겪어 내면 아이와 부모가 함께 성장할 수 있다니, 사춘기를 환영하고 싶습니다.

"반갑다, 사춘기야!"

길을 찾다
길이 될 아이들

꽃친 1기 유리는 인생 최초의 해외여행을 꽃다운친구들과 함께 다녀왔습니다. 그 여행이 계기가 되어 관광 특성화 고등학교에 흥미를 느껴 지원했고 당당히 합격해서 잘 다니고 있습니다. 하고 싶은 것이 없어서 1년을 쉬며 생각하기로 했던 터라 모든 과정을 지켜본 부모님과 선생님들은 참 기뻐했습니다.

예슬이는 쉼을 잘 누리면서 이런저런 호기심을 충족하다가 1년 뒤 영상 과학 고등학교에 지원했습니다. 그런데 그 학교가 바로 부모님이 작년에 제안했던 학교라는 걸 나중에 알게 되었다고 합니다. 중학교 3학년 때 부모님이 권유하셨지만 그 당시 예슬이에게는 큰 의미가 없었기에 흘려들었는데 자신의 관심사를 쫓아가다 보니 결국 그곳에 다다른 거죠. 자기 삶의 주체로 나서는 것이 이런 모습으로 드러나는구나 실감했습니다.

1년의 방학이 무르익는 가을쯤 되면 아이들은 고등학교 정보를 스스로 알아보기 시작합니다. 동행 선생님들은 "내년에는 어떻게 지내고 싶어?"하며 가끔 찔러 보는 역할만 했습니다. 너무 느긋해 보이는 아이들도 있어서 내심 조마조마할 때도 있긴 하지만 때가 되면 사부작사부작 움직입니다. 부모님도 아이가 도움을 요청할 때 응해 주실 뿐, 아이들 스스로 정보를 검색하고 계획을 세워 구체적으로 준비했습니다. 열여섯, 열일곱 해 동안은 부모님이 앞서가며 아이들 손을 끌어 줬다면 이제 앞뒤 자리가 바뀐 것입니다.

한 아이는 학교 설명회가 꽂친 여행 기간과 겹쳐 직접 못 가게 되자 부모님께 대신 다녀와 주십사 정중하게 '부탁'했습니다. 보통의 경우라면 아이들이 굳이 부탁할 필요가 없이 부모님의 참석은 필수이겠지만, 아이가 주체가 되면 부모님은 도움을 주시는 고마운 분이 됩니다. 꽤 큰 차이입니다.

아이들이 느슨한 시간표로 천천히 걸으며 세상을 두리번거리는 동안, 그 여백 가운데 무언가가 생겨나는 것을 봅니다. 뭐라고 이름 붙이지 못하지만 분명히 존재하는 어떤 것입니다. 자기 자신, 곁에 있는 친구들, 부모님, 선생님들 그리고 새롭게 만나는 다양한 상황과 사람들이 교과서지요.

자기 삶을 어떻게 꾸려가고 싶은지 상상하고요. 무엇이 중요한지, 무엇을 볼 때 마음 설레는지 혹은 안타까운지를 생각해 봅니다. 또 자신이 바라는 아름다운 세상의 조건은 무엇인지 곰곰이 생각하며 그 세상에서 어떤 몫을 감당할 수 있을지 상상할 기회도 얻습니다. 그 배움과 상상이 미래를 계획하는 데 가장 필요한 재료가 아닐까요.

1년 전만 해도 그저 흘러온 대로 흘러갈 거였는데, 국어, 영어, 수학 등 교과목이 아닌 '방학 커리큘럼'은 아이들에게 힘을 실어 주어 원래 흐름 속에서 더 힘차게 흐르게 하거나 밖으로 나와 다른 물길을 내는 계기가 됩니다. 일반 고등학교 진학만 생각하던 아이가 특성화 고등학교에 관심을 두기도 하고, 혼자 공부해도 되겠다고 판단하는 아이도 생기고, 그 반대의 경우도 있었답니다. 완벽하고 세련되지 않지만 이렇게 자기 발로 한 걸음 내딛어 보는 거죠. 그리고 진로에 대한 생각도 조금씩 여물어 갑니다.

"나는 '사람들의 마음을 치료하는 사람'이 되고 싶은데, 정확히 무슨 직업을 갖고 싶은지는 모르겠어. 그런데 마음을 치유하고 싶다고 해서 꼭 정신과 의사나 심리학자가 될 필요는 없잖아? 사람들 마음도 치유하고 싶고 음악도 사랑한다면 음악 치료사를 해도 되고, 아이들의 마음을 어루만지고 싶다면 교사가 될 수도 있고, 작가가 되어서 글로 사람들을 감동시킬 수도 있잖아. 어떤 사람이 되고 싶은지를 찾는 게 직업보다 먼저 중요한 것 같아. 직업을 먼저 정하려고 하면 답이 더 안 나오는 것 같아. 그리고 어떤 사람이 되고 싶은지를 찾으려면 내가 '어떤 사람인지를' 알아야 하는데 이건 정말 어려워. 솔직히 나도 내가 누군지 모르겠어. 미안하지만 나도 아직 찾는 중이라 정답을 말해 줄 수가 없어. 그런데 직업은 꿈을 이루는 통로가 될 수

 느슨한 걸음으로 천천히 걸으며 세상을 두리번거리는 동안,

여백 가운데 무언가 생겨납니다.

발걸음의 방향에 대한 질문은 익숙하지 않아서

곰곰히 생각하는 시간이 필요하지요.

는 있지만 그 자체로 완전한 꿈이 되지는 않는다고 생각해.”

희수는 진로 걱정하는 후배들에게 나름 정리된 생각을 이렇게 나누어 주었어요. 웬만한 대학생 언니 오빠들보다 성숙한 사고를 하고 있어서 내심 놀랐습니다.

저번 여름 우리나라를 지나간 몇 개의 태풍으로 한동안 마음 졸였습니다. 태풍이 오면 인터넷에서 회자되는 댓글 ‘태풍은 좋겠다. 진로가 정해져서.’를 보신 적 있으신가요? 아마 청소년이 쓰지 않았을까 추측합니다. 이 한마디에 담긴 아이들의 한숨이 가히 태풍급입니다. 진로 걱정은 성적, 친구 관계 걱정과 함께 아이들을 짓누르는 3대 근심거리입니다. 초등학교 2학년 아들의 진로를 심각하게 걱정하는 엄마를 만나기도 했습니다. 아이가 놀이터에서 해 저물도록 노는 것만 좋아한다고요.

우리 세대가 학창 시절이었던 때는 경험하지 못했던 진로 교육이 요즘은 초등학교 때부터 활발하게 이루어지고 있는데 왜 진로가 걱정을 유발할까요. 진로 적성, 직업 흥미, 가치관 검사 등 다양한 검사도 할 수 있고 지역마다 진로 직업 체험 센터도 많은데 말입니다. 이런 환경이 진로를 위한 적절한 자극을 넘어서 진로를 빨리 정해야 한다는 부담감으로 작용하는 건 아닐지요. 진로는 책상에 앉아 머리 싸매고 고민하며 휘리릭 만들어 내는 몇 장짜리 보고서가 아닌데 말입니다.

진로는 자신이 살고 싶은 미래를 꿈꾸고, 자신과 세상을 알아 가며 끊임없이 적응하며 가꾸는 과정입니다. 결말을 알 수 없는 열린 이야기이자 평생 지속되는 진행형이죠. 그러니 아홉 살 때 적성을 발견하지 못해도, 열아홉 살 때 진로를 결정하지 않아도 괜찮습니다. 일찍 결정하지 않고 여러 가능성을 열어 두는 것이 훨씬 자연스럽답니다. 빨리 찾으라고 하는 이 시대의 요구에 부응하는 것이 꼭 정답은 아닙니다. 아이들보다 부모가 더 걱정하고 앞장서서 선택하려는 이상한 구도에서 벗어나야 합니다. 공부의 주인이 아이들인 것처럼 진로의 주인도 아이들 자신이니까요.

진로 걱정의 대부분은 적성을 찾고 그에 맞는 직업을 찾아야 한다는 공식 때문입니다. 딸 은율이가 가졌던 안식년도 자기가 잘하는 것이 뭔지 모르겠다는 딸의 고민 해결을 위한 방법으로 제안한 것이었으니 저 역시 그것에 영향을 받은 사람이죠.

하지만 어릴 때 자기 적성을 찾는 경우가 얼마나 될까요? 더 나아가 타고난 적성이라는 것이 과연 있을까요. 주변을 아무리 둘러봐도 불변의 적성을 알고 그것에 딱 맞는 직업을 찾아 대만족하며 살아가는 사람을 찾기 어렵더군요. 자기 적성이 뭔지 뚜렷하게 알지 못한 채 일하는 어른들이 훨씬 더 많은데 십 대 청소년에게 적성을 찾으라고 하는 것은 성급한 결론을 유도하는 것이지요.

김상호 작가는 적성보다 '적응'이 중요하다고 말합니다.

"다른 사람과 비교할 때 가지고 있을지 없을지 모르는 '특출난 자기 능력'을 발견하려 하지 말고, 삶의 목적을 가치 있게 설정하고 그 목적을 이루기 위해 한 걸음씩 걸어가는 게 중요하다. 그러면 천재와 같은 능력은 없을지라도 분명 평범한 사람보다 훨씬 높은 직업 적성을 가질 수 있을 것이다. 지금까지 우리는 진로라는 부분에서 적성을 너무 강조해 왔는지도 모른다."

- 김상호, 『김상호의 10대를 위한 진로 특강』, 노란우산

적성을 찾을 때 주로 남들보다 잘하는 특별한 것을 떠올리니 당연히 찾기가 어렵지요. 특히 어릴 때 그런 능력이 돋보이는 경우는 더더욱 드문 일이구요.

최근 수십 년 사이 사회·경제적 환경이 많이 바뀌었습니다. 경제 성장이 둔화되었고 청년들이 일하고 싶어도 취업이 너무 어렵습니다. 취업 전선에서 따 놓은 당상처럼 여겼던 소위 'SKY' 졸업장조차도 취업을 백 퍼센트 보장하지 못하는 현실입니다. 4차 산업 혁명은 얼마 전부터 교육의 핵심 이슈로 떠올랐고 관련 교육 상품이 쏟아져 나와 불안한 부모들 틈을 파고들지요.

게다가 다가올 미래 사회에는 인공 지능이 사람의 일자리를 위협할 것이라고 합니다. 평생 고용이 보장된 곳은 거의 사라졌고 취업과 실업 또는 전직, 재취업이 반복되는 변화무쌍한 삶이 예상됩니다. 변화의 속도가 빨라지고 있을뿐더러 세상이 어떻게 변할지 사실상 예측이 어렵다고 합니다. 아홉 살 아들 진로 걱정에 한숨 쉬는 엄마를

탓할 수 없는 이유입니다.

불안 때문에 흔히 우리는 아이들에게 '닥치고 공부'를 강요하게 되지요. "꿈? 다 좋은데 좋은 대학에 간 뒤에 고민해도 돼."라고요. 문제는 뒤늦게 그 고민이 시작될 때 매우 큰 혼란에 빠진다는 것입니다. 모두가 부러워하는 명문대생이 졸업을 앞두고 SNS에 익명으로 올린 글에서 엿볼 수 있습니다.

"수험생 때 한 번도 직접 뵌 적 없는 인터넷 강사에게 의지했어. 그분이 강의 때 지금 꿈이 없어도 대학 들어가서 공부하면 생길 거라고 하셨지. 그런데 거짓말이었어. 거짓말처럼 꿈 같은 거 안 생기더라. 나 그냥 이렇게 졸업하게 생겼어."

사는 동안 한두 번 이상 진로 발달의 위기에 처하게 될 가능성이 높은 현실이기에 성적이나 적성보다 어떠한 어려운 상황에서도 잘 이겨 내는 '진로 탄력성' 개념에 주목하고 싶습니다. 마누엘 런던과 에드워드 몬의 연구에 따르면 진로 탄력성은 자신감, 성취 욕구, 위험을 기꺼이 감수하고자 하는 경향, 때에 적절하게 독립적이고도 협동적으로 행동하는 능력 등으로 구성됩니다. 직업의 불안정성이 높은 환경이기에 탄력성은 더욱 필요하다고 생각합니다. 그런 맥락에서 5년 전에 가졌던 특별한 방학을 돌아보며 대학생이 된 은율이가 꺼낸 말이 의미 있게 들립니다.

"1년이라는 시간 동안 남들과 다른 시간을 걸어도 그 길 위에 있는 나를 불안해하지 않고 믿을 수 있는 마음을 가지게 되었어요."

자신을 불안해하지 않을 믿음을 얻었다는 말이 진로를 확실하게 찾았다는 말보다 든든하게 들립니다. 자신에 대한 믿음이야말로 안정을 보장받기 어렵고 예측 불가능한 미래를 살기 위해 필요한 밑바탕 중에 밑바탕이라고 믿기 때문입니다.

2년 전 사교육걱정없는세상에서 '길을 찾다 길이 된 사람들'이라는 주제의 한 꼭지를 맡아 강의할 기회가 있었습니다. 기관의 회원으로서 배우고 교육 운동에 동참하며 아이와 함께 성장하는 이야기, 시대를 거스르는 선택으로 새로운 길이 된 사례로 제 경험을 소개했지요. 다른 어떤 강의보다 부담 백배였지만 그동안 우리 가정이 누린 유익을 나눌 책임도 있다고 생각했습니다. 매력적인 제목도 제 마음을 움직였고요.

강의 제목은 어딘가에 나에게 딱 맞는 길이 있다는 전제 아래 그 길을 찾는 것이 아니라 한 걸음씩 또박또박 길을 가다 보니 길이 닦이고 어느덧 길이 만들어지는 그림을 상상하게 합니다. 우리가 살아가는 현실에 더 가깝기에 설득력이 있지요.

진로가 그런 과정이라고 이해한다면 우리 아이들은 한결 가볍고도 주체적으로 진로 고민을 풀어 갈 수 있습니다. 꽃다운친구들은 1년의 방학 말미에 심사숙고해서 스스로 진학 목표를 세웠습니다. 하지만 이 선택은 긴 여정의 일부분일 뿐 인생 전체를 결정하지는 않을 것입니다. 새로운 길을 여는 하나의 문을 통과했으니 누구를 만나고 무엇을 배우고 깨닫는가에 따라 또 다른 길을 만들어 가겠지요.

인생의 첫발을 떼고 있는 청소년들에게 전하고 싶습니다. 앞으로 수 없이 많은 전환점을 만나겠지만 자신에 대한 믿음을 가지고 방향과 보폭을 결정한 경험은 매우 소중하다고, 그 경험이 그다음 걸음에 힘을 실어 줄 거라고, 그러니 힘차게 걸어가라고 말입니다.

부대낌이 주는
선물, 우정

저번 가을, 3기 꽃치녀들은 '평화견문록'이란 타이틀로 중국 연길과 러시아 블라디보스토크를 여행했습니다. 여행의 백미는 바로 백두산에서 본 맑고 푸른 천지였지요. 남북 정상이 함께 백두산 천지에 오른 날처럼 아주 화창했답니다. 천지에서 내려오는 길, 뒤에서 듣기 좋은 노랫소리가 들려 왔습니다. 꽃치녀 두 명이 팔짱을 끼고 걸으며 부르는 노래였습니다. 삼 대가 덕을 쌓아야 볼 수 있다는 천지를 본 것이 강렬한 감동이었다면, 두 소녀가 만들어 낸 풍경은 은은한 감동이었습니다. 아름다운 자연, 달콤한 노랫소리, 어여쁜 아이들의 뒷모습, 그 순간을 놓치고 싶지 않아서 사진을 찍고 동영상도 남겼지요. 사진에 제목을 붙인다면 진부해도 아마 '우정'만큼 더 좋은 제목도 없을 거예요.

꽃친은 자기 이해와 공존하는 법을 배우는 방학을 지향합니다. 긴 시간 동안 성격 유형 이해, 친구랑 소통하기, 우정과 사랑 등을 주

진심으로 소통하는 진한 만남은
한번만 경험해도 여운이 오래갑니다.
아이들 사이에 우정을
확인하는 순간이기 때문이지요.

제로 워크숍과 강의를 하고 이야기를 나눕니다. 이런 특별한 시간뿐 아니라 오가며 친구들과 놀고 부대끼는 모든 시간이 아이들에게 온통 배움의 기회이죠.

밥 당번이 되어 메뉴를 정하는 일도, 자주 지각하는 친구들이 어떻게 하면 시간 맞춰 오게 할지 아이디어를 모으는 일도 머리를 맞대고 함께합니다. 또 캠핑과 여행을 준비하며 역할을 나눠서 맡으며, 밤새 게임을 하고 놀면서 서로를 배우고 또 배워 갑니다. 컴퓨터 게임을 좋아하는 윤성이가 '게임하면 사람의 진짜 본성이 다 나온다.' 라고 했는데 친구들의 전폭적인 공감을 얻고 단번에 꽂친 명언이 되었지요. 이런 일상이 우정의 재료가 되어 겹겹이 쌓여 갑니다.

물론 이들 안에 불협화음도 있습니다. 그러나 아이들의 갈등에서 긍정성을 발견합니다. 한 꽃친 동행 선생님이 이 모습에 대해 말했습니다.

"우리가 처음부터 의도한 건 아니었는데, 예상치 못한 커리큘럼이 생겼어요. 친구끼리 어울리는 과정에 갈등과 고통이 따른다는 것을 꽃치녀들이 배우게 되었어요."

열 명 안팎의 소그룹이어도 아이들 개성은 다 다릅니다. 함께 지내는 것이 서툴러 어우러지는 데 시간이 오래 걸리는 아이가 있습니다. 친구의 엉뚱한 말이나 부적절한 행동에 당황스러워했고 대체 왜 저럴까 의아하기도 하지요.

가끔은 마음이 맞지 않아 서로 얼굴을 붉히는 상황도 있고 누군가가 일방적으로 그룹에 불편을 끼치는 일도 생깁니다. 또 SNS에서 많은 소통을 하는 청소년들이라 그 안에서 사건과 사고도 많이 생깁니다. 기록이 남기 때문에 여차하면 오프라인에서의 대화보다 훨씬 심각한 상처를 주고받는 창구인 듯합니다.

2017년 한 단체의 지원으로 '고등학자' 프로그램에 꽃치녀 다섯 명이 참여해서 몇 개월간 끙끙대며 연구하는 걸 지켜볼 기회가 있었습니다. 연구 주제 선정부터 모든 과정을 청소년들이 스스로 하는 팀 프로젝트라서 출발부터 귀추가 주목되었습니다. 때로 갈피를 잡지 못해 우왕좌왕하는 듯 보여서 내심 걱정스럽기도 했지요. 꽃친 고등학자들은 그렇게 전진과 후진을 반복하며 뜨거운 여름을 보냈고요. 처음에는 연구 결과물이 궁금했는데 정작 연구 발표회에서는 연구과정에서 갈등을 헤쳐 나온 이야기가 훨씬 흥미로웠답니다.

꽃친 팀도 서로 의견이 달라서 자신의 의견을 상대방에게 이해시키기 위해 설명하고 설득하며 조율하는 과정에 많은 에너지를 쓰느라 힘겨워했습니다. 다른 팀들도 연구 주제가 몇 번씩 엎어지기도 하고 연구 방법을 설문 조사로 할지 인터뷰로 할지 의견이 나뉘는 등 어려움이 한두 가지가 아니었대요. 갈등이 깊었던 다른 팀에서는 중도 하차한 학생도 발생했다고 합니다.

오죽했으면 채은이는 프로젝트를 마친 후 "인간관계의 만렙(게임에서 최고 레벨을 일컫는 말)을 찍었다."라고 소회를 밝혔을까요. 재치 있는 소감에 많이 웃었지만 그간의 마음 고생이 어느 정도였을지 짐

작이 되었습니다.

다가오는 미래는 각자 가진 지식과 정보를 공유하고 협력하며 소통하는 능력이 더욱 중요해진다고 합니다. 반면 팀 프로젝트 과제를 기피할 만큼 협업을 어려워하는 대학생들 이야기를 심심찮게 듣습니다. 치열하고 경쟁적이며 파편화되는 사회에서 자라나는 아이들에게 그런 능력을 요구하는 것이 과연 합당한지 질문해 봅니다. 어려서부터 친구들과 뒹굴고 뛰어노는 시간을 얻기조차 어려우니 함께하는 법을 익힐 기회가 있었을까요.

'놀이삼촌'으로 알려진 편해문 작가는 아이들에게 놀이가 '밥'이고 '엄마'라고 하더군요. 놀이가 밥처럼 아이들을 살리고 엄마처럼 돌봐준다는 의미입니다. 놀이밥이 부족한데 아이들은 무엇을 먹고 자라고 있을까요. 편해문 작가는 관계에 대해 이렇게 말합니다.

"관계가 만들어지려면 상대방에 대한 이해가 있어야 하는데 함께 놀지 못해 서로 알 기회가 아이들한테 도무지 허락되지 않았다. 놀지 못하고 자란 아이들의 가장 큰 두려움은 외로움이다."

— 편해문, 『아이들은 놀이가 밥이다』, 소나무

왕따, 학교 폭력 문제는 뉴스에서만 보이는 희귀한 일이 아니라 내 아이가 다니는 교실과 학교에서 빈번하게 일어납니다. 저도 두 아이를 기르며 한두 번씩 가슴을 쓸어내린 경험은 모두 친구 관계 문제였습니다. 자신과 다름을 수용하지 못하고 따돌림과 폭력으로 반응하고 왕따가 되지 않으려고 왕따 가해자가 되어 자신이 받은 부당한 대우를 되돌려 주는 방식으로 복수합니다. 그러다 돌이킬 수 없는 끔찍한 사고로 이어지기도 합니다. 지금 내 곁에 아이가 무사히 살아 있고 학교에서 무난히 지내는 것만으로도 기적이고 감사한 일이라고 여깁니다.

만약 부모가 아이들에게 어릴 적부터 더 많은 놀이 시간을 허용한다면 어떨까요? 재밌게 놀다가도 토라져 뒤돌아서는 친구랑 싸워서 담판을 짓든지 화해를 하든지 뭔가 시도하겠지요. 놀다가 심심해져 몸을 배배 꼬다가도 번쩍이는 아이디어로 새로운 놀이를 만들고 친구랑 다시 시시덕거릴 거고요. 그러면서 끈끈해지고 서로의 다름을 자연스럽게 이해하게 될 것입니다. 달갑지 않은 갈등이 찾아와도 평화롭게 다루는 법을 어떻게든 터득하지 않을까요. 많은 아이가 잘 놀지 못하는 현실과 왕따 현상은 상관관계가 깊어 보입니다.

아이들 사이에 갈등이 발생했을 때 지도자는 어떤 역할을 해야 하는지 많이 고민합니다. 재빨리 뛰어들어 더 큰 문제가 되지 않도록 예방하고 싶기도 하고, 지휘자처럼 또는 재판관처럼 일사불란하게 상황을 정리하고 싶은 유혹이 따르지만 어떤 것이 아이들에게 유익할지 거듭 논의합니다.

아이들이 꺼내지 못하고 마음속에 숨겨 둔 감정, 말과 행동에 제대로 담지 못한 진짜 의도와 원하는 바를 상대방이 알아들을 수 있는 말로 풀어내도록 돕는 것이 우리 역할이라 생각합니다.

우리 마음 깊숙한 곳에는 누군가와 연결되고 싶은 욕구가 있다는 것만 알아도 상황은 꽤 좋아집니다. 상대방도 그렇다는 것까지 알면 금상첨화이지요. 친구의 이해되지 않던 말과 행동을 뒤집어 보니 결국은 나랑 더 잘 지내고 싶었던 마음이었다는 걸 알면 그 관계는 조금씩 회복되기 시작합니다.

중요한 건 마음이 오가는 장을 마련하는 것이더군요. 아이들은 학교에서 그런 경험을 한 적이 거의 없다고 합니다. '문제'는 항상 골칫거리이고 해결해야 하는 성가신 것이기에 빠르고 손쉽게 해치우는 방법을 선호합니다. 아이들은 억지 용서, 섣부른 화해, 뒤탈을 없애기 위한 합의를 요구받지요.

학교가 학업 성취만을 위한 곳은 아닌데, 아이들이 인간관계에서 겪을 수밖에 없는 시행착오를 견디며 성장하도록 도와줄 것을 기대하지 못하는 현실이 아쉽기만 합니다. 그러니 아이들은 자신과 여러모로 다른 친구와 어떻게든 한 교실 안에서 부대끼며 잘 지내볼 시도를 하기보다는 투명 인간 취급을 하거나 적극적인 따돌림을 선택하는 거죠.

꽃친에서는 그럴 수가 없습니다. 보고 싶지 않은 친구가 있어도 작은 그룹이어서 안 볼 수가 없거든요. 문제가 생기면 결국 공동체 전체의 문제가 됩니다. 그래서 삐걱거림을 함께 해결하기 위해 어렵더라도 차근차근 풀어 나가는 방식을 택합니다. 승겸이가 이런 경험에 관해 말했습니다.

"처음에 적응하는 게 힘들었어요. 학교에서는 한 반에 서른 명이니까 같은 반에 최소 다섯 명이라도 잘 맞는 친구들이 있었어요. 잘 맞지 않더라도 그냥 수업 듣고 쉬는 시간에 조금 노는 정도이니 괜찮았어요. 하지만 꽃친은 소수이기 때문에 어쩔 수 없이 계속 함께 붙어 있으니 서로의 다름을 이해하는 게 힘들었어요. 그런데 힘들어서 좋았어요. 저희가 성장해서 사회에 나가면 공부보다 중요한 게 사회성인데 회사나 어떤 공동체에 속하던 다른 사람은 있을 수밖에 없다고 생각해요. 꽃친에서 나와 다른 친구를 이해하고 어우러질 수 있는 힘을 길렀어요. 예전에 저는 친구를 굉장히 가려서 사귀었더라고요. 꽃친은 저에게 중요한 것을 가르쳐 줬어요."

여행 가서 맞이하는 밤은 깊이 대화하기 더할 나위 없이 좋은 시간입니다. 공동체 내에 껄끄러운 일이 감지될 때 그걸 공통 화제로 꺼내고 둘러앉아 이야기를 시작하면 금세 새벽 두세 시가 되어 버리죠. 이야기가 깊어지면서 숨겨 두었던 마음을 슬며시 내비칠 때 뜻밖에 친구들의 지지를 받습니다. "정말 그랬어? 그때 이야기하지. 몰랐어." 한마디에 그동안의 서운함이 스르르 녹아내립니다. 어떤 경우에는 "내가 오해했구나."라고 알아차리기도 합니다. "그 일 때문에 저런 생각을 할 수도 있구나." 하며 다른 생각을 받아들이기도 하고요. 주제를 떠나 곁길로 가기도 하지만 그것조차 유익합니다. 이야기가 풍성해지거든요. 이렇게 진심으로 소통하는 진한 만남은 한번만 경험해도 여운이 오래갑니다. 아이들 사이에 우정을 확인하는 순간이기 때문이지요.

이런 대화 시간을 기억에 남는 경험으로 손꼽는 아이들을 보며 저도 배웠습니다. 첫 번째는 시험과 과제 부담, 경쟁이 없는 온전한 여유로움 속에서 우정은 더욱 촉진된다는 것입니다. 두 번째는 시간이 걸려도, 에너지가 많이 들어도 이렇게 또박또박 가야 한다는 것을 배웠지요. 세 번째는 아이들은 이 공간이 안전한 곳이라고 느끼면 친구의 마음에 가닿는 법, 자신의 마음을 여는 법을 찬찬히 배워간다는 것을 알았지요. 마지막으로 우정은 부대낌 속에서 비로소 피어난다는 것을 보았습니다.

아이들의 우정으로 공동체가 어떻게 단단해져 가는지 윤성이 이야기를 통해 들려드리고 싶네요. 윤성이는 부모님의 창업과 이사 등으로 여름 이후 두어 달 넘게 모임에 나오지 못하면서 급기야 해외여행에도 동참하지 못하고 일 년을 마무리해야 할 위기에 처했습니다. 해외여행이 다가오던 늦가을, 윤성이도 함께 가면 좋겠다는 친구들 기대가 솔솔 피어올랐습니다. 저도 해외로 여행한 적이 없다는 윤성이를 꼭 데려가고 싶었으나 여의치 않아서 안타까웠습니다. 그런데 거의 불가능할 것 같던 상황이 호전되어 여행을 며칠 앞두고 여권을 만들고 급행으로 비자를 받아 극적으로 여행에 동참했습니다. 친구들이 윤성이의 등장을 어찌나 좋아하던지요. 모두가 와서 퍼즐이 딱 들어맞는 느낌, 완전체가 되는 기쁨이었겠지요.

윤성이는 여행으로 힘을 얻고 일상의 리듬을 되찾아 친구들의 격려로 안녕식의 사회까지 맡게 되었지요. 안녕식 중 윤성이가 갑자기 울컥하더니 말을 잇지 못했습니다. 우여곡절 많았던 한 해를 돌아보며 어떤 생각이 들었을까요. 윤성이에게 직접 들어 보지는 못했지만, 친구들과 지낸 시간들, 이를 가능하게 만든 부모님의 배려 등에 감사하는 마음이 아니었을까 합니다. 그때를 떠올려 보는 이 순간, '사람은 무엇으로 사는가?' 책 제목이 생각나네요.

친구야, 노올자!
꽃친의 하루

어릴 적 여름 방학 내내 시골 할머니 댁에 가서 신나게 놀다가 까맣게 탄 얼굴로 개학 날 등교했던 기억이 있습니다. 겨울엔 집에서 뒹굴뒹굴하다가 가끔 스케이트 타러 가는 게 큰 즐거움이었고요. 밀레니엄 세대의 방학은 훗날 무엇으로 기억될까요. 갑갑한 학원의 공기 또는 휴대 전화와 혼연일체가 되어 부모님 꾸중을 들은 것이 기억의 대부분이 아닐까 우려됩니다.

꽃치녀들은 학업으로부터 나와 365일 동안 뭔가 다른 시간을 보내기로 작정한 아이들입니다. 혼자서만 지내면 재미없으니 일주일에 두 번 공동 방학 모임을 가집니다. 제가 기록한 꽃친의 하루를 보고 이들에게 방학은 기억 속 어떤 그림으로 남을지 상상해 보세요.

꽃친의 평범한 하루

• 5월 어느 화요일 오전 10시

먼저 온 아이들과 수다를 떨다 보면 10~20분씩 지각하는 아이들도 속속 도착한다. 동작, 마포, 고양, 인천, 용인, 구리 등 원근 각처에서 오느라 아침부터 다들 애쓴다. 아침을 못 먹은 아이들이 있어서 빵, 바나나 등 간식을 먹으면서 '꽃다운 대화' 시간을 가졌다. 주말을 어떻게 보냈는지 문자 영서가 지난주 토요일에 사람들과 일정이 꼬여서 스트레스를 많이 받았다고 했다. 자연스레 한 명씩 돌아가며 화가 날 때 어떤 식으로 행동하는지 이야기했다.

동생 때문에 화가 났던 수인이 이야기를 듣다가 어린아이에 대한 이야기로 이어졌다. 현진이는 얼마 전 막냇동생이 태어나 동생을 돌보는 중요한 임무가 생겼다. 현진이 폰에 든 아기 사진을 돌려 봤는데 귀엽다고 난리다. 함께 아기를 보러 가고 싶다는 의견이 나왔다. 왜 안 되랴. 꼬물꼬물 아기를 볼 일이 흔치 않은데 참 좋은 기회다.

가족의 달을 맞아 우리 가족 워크북을 만들었다. 가족사진을 보여 주며 친구들 앞에서 소개했다. 방학식에서 모든 가족 얼굴을 다 봤지만 세세한 소개를 듣는 건 처음이어서 그런지 흥미진진했다. 친구들이 집중하는 모습이 인상적이었다.

• 오후 12시

가까운 면 요리 전문점에 가서 각자 좋아하는 메뉴를 주문해서 먹었다. 한창 식욕 왕성한 남자아이들은 1인분으로는 살짝 부족해 곱빼기나 공기밥 하나 더 추가해야 맞다. 양이 적은 친구들이 나눠 주는 음식이 무척 요긴하다. 남기는 음식이 거의 없다. 진정한 밥상 공동체다. 먹을 때가 제일 즐겁다.

• 오후 1시

사진 수업 시간에는 두 팀으로 나누어 꽃친 포스터 촬영 기획을 했다. 주제를 정하고 의미를 부여하고, 어떤 사진을 찍을지 정하는 것이 생각보다 힘들었다. 사진으로 자기 생각을 잘 표현할 수 있기를 기대하고 시작한 수업인데 생각보다 많은 고민이 필요하다. 꽃친을 잘 표현할 수 있는 무언가를 어느 곳을 배경으로 찍으면 좋을지 한참 토의했다. 가까운 학교 담벼락, 횡단보도, 한강 시민 공원 등 배경 후보도, 그곳을 추천한 이유도 참 다양하다.

• 오후 3시 30분

하루를 마무리하며 간단한 소감을 나누고, 금요일 모임을 계획하는데 날씨가 좋으니 야외에서 만나자는 제안이 나왔다. 정기 모임 장소에서 가까운 선유도 공원으로 정하고 거기서 금요일에 예정된 부모님 인터뷰 발표를 하기로 했다.

• 6월 어느 금요일 오전 10시

꽃다운 대화 오늘 주제는 내가 힘들 때 버틸 수 있게 하는 것이었다. 그림 그리기, 음악 듣기, 기타 연주, 나를 사랑하는 가족, 친구들, 용기를 주는 무협 영화 보기, 한강, 내가 좋아하는 연예인, 책 등이 마음이 회복되도록 도와준단다. 또 밖으로 나가서 뭔가를 하거나 짜여진 스케줄에 따라 움직이면 힘든 것을 생각할 시간이 없어서 충전이 된다고 한다.

특히 "힘든 일이 생기면 이것이 끝나고 찾아올 시간들을 생각해봅니다. 그러면 힘든 순간을 잘 넘길 수 있어요."라는 답이 기억에 남는다. 몸이 힘들 땐 침대가 필요하고 마음이 힘들 땐 또 다른 무엇이 필요한데 가족은 이 둘을 다 도와준다고 말한 친구도 있다. 상황에 따라 자신에게 힘이 되는 것이 달라진다는 아이도 있고, 나도 누군가가 힘들 때 버티게 도와주는 존재가 되고 싶다는 기특한 아이도 있었다.

보드게임 매니아 성우가 가져온 새 게임을 익히며 함께 놀았다. 보드게임에 큰 흥미를 못 느끼는 한두 명은 옆에서 지켜보거나 따로 책을 보는 등 자유로운 시간을 보낸다. 함께 놀면 더 재밌지 않을까 싶지만 굳이 강요하지는 않는다.

• 오후 12시

오늘은 꽃친 스스로 점심 식사를 준비해서 먹는 날이다. 식사 재료를 사러 수인, 강석, 현진이가 다녀왔고 김치찌개, 계란 프라이, 감자볶음을 만들어 먹었다. 집에 혼자 있을 때 손쉽게 할 수 있는 메뉴다. 계란 프라이 외에 찌개나 볶음 등은 아직 한 번도 직접 해 보지 않은 아이들이 많다. 강석이는 많이 도와주고 싶어 하는데 할 줄 아는 것은 많지 않아서 쉬운 것부터 하게 했다. 지윤, 의준, 성우는 항상 나서서 요리를 하는 편이다. 유리도 많이 하는데 오늘 아파서 못 왔다. 영서랑 예슬이는 요리에 앞장서는데 꼼꼼하지 못해서 혹시라도 다칠까 봐 좀 불안하다. 우여곡절 끝에 두 시간 안에 장보기부터 설거지까지 완료했으니 이만하면 훌륭하다.

점심을 먹고 나서 서초구청 둘레를 산책했다. 날씨도 좋고 아이들이 삼삼오오 걷는 모습이 보기 좋았다. '이 시간에 웬 청소년 무리가 이곳에?' 주변에서 힐끔힐끔 쳐다보지만 이미 두어 달 동안 이런 시선에 익숙해져서인지 아이들은 아랑곳하지 않는다. 처음엔 그게 그리 힘들었다는데 금방 적응한다.

• 오후 1시 30분

배부르고 산책도 했으니 나른해지기 딱 좋은 시간인데 글쓰기가 기다리고 있다. 얼마 전 선생님들이 모여 어떻게 하면 부담 없이 글쓰기를 시작할 수 있을지 많이 고민한 끝에 나니아 연대기를 선택했다. 글쓰기 선생님이 아이들의 흥미를 북돋우려고 발표와 나눔 형식에 신경을 많이 쓰신다. 일단 지난번 첫 수업 반응은 괜찮았다. 아이들이 나니아 연대기 이야기에 흥미를 보였고, 나눔 시간에 많은 질문과 의견이 나온 걸 보면 성공적이다. 책도 다 읽어 왔다. 지루해하지 않을까 하던 염려가 말끔히 해소되었다.

앞으로 더 다양한 활동으로 아이들이 나니아 연대기 이야기에 더 몰입할 수 있도록 하고 싶다고 선생님이 말씀하신다. 이러한 몰입은 더 넓고 깊은 생각을 가능하게 하고, 결국에는 자기 이야기를 풀어내는 기초 체력이 될 것이다. 또 읽기와 쓰기가 서로 통합될 수 있을 것이라고 기대한다.

• 오후 3시

가을에 떠날 해외여행 준비 1탄을 진행했다. 가족 중 어른들의 여행 후기를 듣고 와서 나눴다. 성우는 오래전에 러시아 여행 다녀오신 할머님이 러시아 사람들이 정이 많다고 기억하고 계시고, 여행에서 제일 중요한 것은 여권을 잘 챙기는 것과 인솔자의 연락처를 알고 있는 것이라고 말씀하셨다고 했다.

여행에 관련된 명언을 검색해 보았다. "세계는 한 권의 책과 같아서 여행하지 않는 자는 그 책의 한 페이지만 읽은 것과 마찬가지다." "진정한 여행이란 새로운 풍경을 보는 것이 아니라 새로운 눈을 가지는 데 있다." "여행에서 지식을 얻어 돌아오고 싶다면 떠날 때 지식을 몸에 지니고 가야 한다." 등 좋은 말을 많이 찾았다. 왜 명언에 공감하는지 이야기해 보자고 하니 명확히 설명하는 아이도 있었지

여행은 방학의 꽃입니다.
나와 친구, 세상을 만나며
배움과 사귐이 가장 활발하게
일어나는 시간이지요.

만, 설명하기 어려워하는 아이도 있었다.

1주일 뒤엔 3개조로 나누어 꽃친 해외여행 후보지를 추천하고 친구들 앞에서 프리젠테이션하기로 했다. 발표를 듣고 투표해서 다수결로 결정하기로 했다. 다음 화요일 모임에서 조별 토의를 진행할 예정이다. 여느 때와 마찬가지로 4시에 삼삼오오 귀가길에 나섰다.

꽃친의 특별한 하루

평범한 꽃친 모임은 대개 실내에서 진행되지만, 밖으로 나가는 날도 빈번합니다. 1기 꽃치녀들은 한 달에 한 번 장애인 주간 보호 센터에 가서 장애인들의 식사나 활동을 보조하는 봉사 활동을 했습니다. 그리고 여름 캠핑, 봄가을 국내 여행 두 번, 해외여행까지 총 네 번의 특별 여행이 있으니 두 달에 한 번 꼴로 집을 떠나 친구들과 짧게는 2박, 길게는 7박 동안 함께 지냅니다.

벚꽃의 꽃말은 중간고사라고 하던가요. 고등학생들이 1학기 중간고사로 학교와 학원을 전전할 때, 꽃치녀들은 벚꽃 만발한 곳으로 여행을 떠나고, 2학기 중간고사 기간에는 단풍으로 물든 가을을 즐깁니다. 이 짜릿함은 1년의 방학이기에 누릴 수 있는 특별한 선물입니다.

굵직하고 정기적인 바깥 활동 외에 여러 분야에서 일하고 있는 어른들을 만날 기회를 만들어 때때로 방문합니다. 각자 관심 있는 영역에서 의미 있는 활동을 하고 있는 분을 조사하고 직접 이메일 작성하고 발송해서 섭외에 성공하면 만나러 갑니다. 이름하여 '휴먼라이브러리'입니다. 선생님들의 인적 자원을 동원해서 아이들에게 소개하기도 하고요.

재즈 피아노를 공부하는 수인이는 재즈 피아니스트를 만나는 기회를 가졌습니다. 책이나 인터넷 등 대중 매체에서 알게 된 인물을 눈 앞에서 만나고 궁금한 것을 직접 질문하고 답을 들어 볼 수 있으니 참 생생하고 설레는 일입니다. NGO 활동가, 학자, CEO, 싱어송라이터 등 여러 어른들이 꽃친을 만나 주셨습니다.

4월에는 나라 전체를 슬픔에 빠지게 한 세월호 참사를 기억하고 추모하는 시간을 마련합니다. 홍대 앞에서 세월호 인양과 진상 규명을 위한 피케팅에 함께 참여하고, 2016년 4월까지도 미수습자로 남아 있던 단원고 허다윤 학생 어머니를 모시고 간담회를 했습니다. 곁에 있는 가족들에게 사랑한다고 말하라는 어머님 말씀에 가슴이 찡했습니다. 말씀을 마치고 아이들 하나 하나를 안아 주시는 어머님 품 속에서 아이들도 흐느꼈지요.

6회의 음악 수업을 마칠 때는 세월호 추모 노래를 만들었습니다. 꽃친이 단원고 희생자 언니 오빠들에게 쓰는 편지를 가사로 만들고, 작곡하고, 다룰 수 있는 악기를 다 동원해서 연주하는 시간도 가졌습니다.

2017년에는 세월호 치유 공간 이웃이 만든 '친구들'이라는 영상을 함께 보고 치유자 선생님의 이야기를 들었답니다. 친구를 떠나보낸 후 남모르게 깊은 슬픔을 견디고 있는 청소년의 일상을 영상에 담는 작업을 하면서 그들의 친구가 된 또 다른 청소년에게 찾아온 치유 경험을 보고 들었습니다.

이밖에도 우리 사회에 시기별 중요 이슈들, 예컨대 테러방지법 반대를 위한 필리버스터, 신영복 선생님의 소천, 5.18민주화운동기념일 등을 기사로 함께 읽고 생각을 나눕니다.

꽃친을 마치고 학교로 돌아간 의준이에게 있었던 일을 얼마 전에 어머님이 전해 주셨습니다. '타임머신을 타고 과거로 돌아간다면 언제로 가고 싶은가?'라는 선생님의 질문에 대부분의 아이들이 로또 추첨일 이전으로 돌아가겠다는 등 예상할 만한 대답을 했답니다. 하지만 의준이 답은 사뭇 달랐다고 합니다. 의준이가 돌아가고 싶은 시점은 2014년 4월 16일 이전이라고요. 이야기를 전하는 어머님 목소리는 떨렸고 듣는 우리의 가슴도 울렁거렸습니다.

학교를 잠시 떠나 있는 아이들인데 어찌된 일인지 더 넓은 배움터가 다가옵니다. 세상으로 나오니 온통 배울거리 투성입니다. 학교 수업과 같은 가르침은 없는데 배움이 이루어지는 거죠. 공부하려고 하지 않았는데도 슬금슬금 아이들 온몸으로 무언가가 스며드는 느낌입니다. 조향미 시인의 '탈선'을 읽다가 마지막 두 줄에 눈길이 머뭅니다.

탈선

내 몸에 줄줄이 달린 선을 뽑는다.

뭣보다 먼저 핸드폰을 던져두고

시계도 풀어놓고

승용차 따윈 물론 세워 둔다.

태양에 꽂은 전선만 남겨 두고

배낭 하나로 집을 나선다.

훌훌 씨방 떠난 풀씨처럼

이제 어디에 닿을지 모른다.

줄을 벗어났으니

광막한 공간이 나를 품어 줄 것이다.

- 조향미, 『그 나무가 나에게 팔을 벌렸다』, 실천문학사

왜 가족 동행?

꽃다운친구들을 소개받은 분들은 처음에 살짝 놀랍니다. "방학이 1년? 우아, 좋겠다." 피곤한 얼굴과 축 늘어진 어깨로 학교, 학원, 집을 오가는 안쓰러운 자녀가 떠올라 순간적으로 눈빛이 흔들립니다. 그러나 앞으로 달려가도 부족한데 멈춰 서는 방학이라뇨. 이내 뚱딴지같은 이야기라고 제쳐 놓기 쉽죠. 게다가 가족 동행 프로그램이라는 설명을 듣고는 당황스러워하십니다.

'가족 동행'이란 한 달에 두 번 모여 배우고 사귀는 부모들만의 정기 모임을 포함, 자녀의 방학 생활을 지지하는 모든 유무형의 활동을 일컫는 말입니다. 정기 모임은 강연, 워크샵 등 배우는 시간과 부모들끼리 이야기 나누며 사귀는 시간으로 이루어집니다. 방학식과 여름 발표회, 안녕식 등 축하하는 자리에 온 가족이 함께 모이는 것은 당연하고요. 캠핑이나 국내 여행 때 간식 들고 방문하시는 부모님들은 아이들의 열렬한 환영을 받습니다. 나들이 갈 때 교통편 제공,

봉사 활동에 함께하기, 재능 기부 강의, 집으로 초대하기 등으로 동행하기도 합니다.

보호가 필요한 유아도 아니고, 자기 삶을 스스로 꿈꾸는 시간을 갖는데 왜 가족이 함께해야 할까요? 첫 번째 이유는 열여섯, 열일곱 살은 가정이라는 울타리가 여전히 필요한 시기이기 때문입니다. 촘촘하던 울타리는 조금씩 넓혀지고 느슨해지는 것이 바람직하지만 여전히 필요합니다. 가정이 주는 안전감과 보호자의 사랑은 모든 인생에게 뿌리 같습니다. 아직 부모 품 안에 있을 때, 스스로의 힘으로 무언가를 하고 실패도 경험하라고 부추깁니다. 조그마한 성취라도 함께 기뻐하고, 실패할 때 곁에서 지켜보고 다독거리는 가족이 있을 때 마음 놓고 도전할 힘이 생깁니다.

좋은교사운동의 임종화 전 공동 대표는 덴마크의 청소년 인생학교 애프터스콜레가 기숙형인 것은 가족이 함께 지내는 시간이 많은 유럽 사회 분위기와 관련이 있을 거라고 말합니다. 가족 간 충분한 유대 관계가 전제된 경우, 청소년기에 부모를 떠나 독립을 경험하는 시간은 중요합니다. 그러나 우리나라는 어른 아이 할 것 없이 '저녁이 없는 삶'을 살고 있습니다. 가족이 함께 밥상에 둘러앉는 시간조차 확보하기 어려운 현실이죠. 꽃다운친구들의 가족 동행 방식은 그래서 더 의미가 있습니다. 청소년기가 독립에 앞서 가정 안에서 부모와 소통하며 친밀해질 수 있는 마지막 기회이기 때문입니다.

아이의 방학 1년은 자연스럽게 가족의 건강성을 가꾸는 시간으로써 의미가 있습니다. 원래 건강한 가족이었다면 좋은 관계를 더욱 다지고, 소통이 희미해지고 단절된 가족 관계라면 새로워지는 계기로 삼을 수 있습니다. 가족 중 누구 하나만, 아주 조금만 달라져도 온 가족의 역동이 달라집니다. 부담스런 경쟁과 시험으로부터 자유로워져 시간적 여유가 생긴 아이는 부모에게 말을 걸어옵니다. 빡빡한 학교생활을 할 때는 대화의 양도 적을 뿐 아니라 그나마도 해야만 하는 과업들이 대화의 대부분을 차지하지 않던가요.

방학 동안에는 대화가 길어지고 다양해지며 깊어집니다. 아이의 삶의 질이 달라지니 지켜보는 가족들도 평소와 다른 생각을 하게 됩니다. '이렇게도 살 수 있구나. 참 좋구나.' 하고 새로운 통찰이 찾아옵니다. 꽃친의 한 부모님은 이렇게 말했습니다.

"어느 교육 기관에 자기 아이를 보내더라도, 그곳에서 아이를 전인격적으로 환골탈태시킬 거라고 믿으면 갈등이 생기는 거잖아요. 결국은 가정과 아이가 함께 성장해야 한다는 것을 생각하지 못했기 때문에 그럴 거예요. 이만큼 비용을 냈으니 신앙도 학력도 인격도 다 책임지고 해결해 줄 거라는 기대를 갖는데, 가정은 그대로이면서 책임을 기관에 전가하면 갈등이 되는 거죠. 가정과 아이가 함께 오롯이 만들어 가야 하는 시간이라는 걸 인지하지 못하면 문제가 생기는 것이지요."

가족이 동행하는 두 번째 이유는 부모 자신의 불안을 잘 다루기 위해서입니다. 자유로운 쉼을 누리는 자녀를 지켜보는 것은 사실 불안합니다. 주말 동안 빈둥거리는 아이를 바라보는 것도 힘든데 하물며 1년은 어떻겠습니까. 이 집이나 저 집이나 다들 고민이 비슷비슷하지요.

고민을 나누고 지혜를 나누며 함께 갈 친구가 있으면 한결 발걸음이 가볍습니다. 같은 경험을 하는 가족 간 연대는 힘이 있거든요. "부모 모임으로 남들과 다른 길을 걸어가는 것에 대한 불안감을 조금이나마 해소할 수 있었다."라는 한 어머님의 소감에서도 이를 확인합니다. 정기적인 부모 모임은 불안을 덜고 내 아이와 아이의 친구들이 크는 모습을 함께 지켜보면서 부모 자신들의 삶도 가꾸어 갈 수 있는 여유를 만들어 냅니다.

꽃친은 쉼이 청소년의 성장에 어떤 유익이 있을지 3년 종단 연구를 시작했습니다. 연구를 위한 설문 조사에서 '방학 1년 동안 경험한 가장 큰 변화는 무엇인가?' 라는 질문이 있었습니다. '아이와 대화가 늘었고 깊어졌다.' '자녀에 대해 새롭게 알게 되었다.' '자녀를 믿고 지지할 수 있게 되었다.' '우리는 가족이라는 의식이 생겼다.' '아이에게 좋은 친구와 추억이 생겼다.' '자녀가 즐겁고 의미 있는 시간을 보냈다.' '쉼의 의미를 깨달았다.' 등 다양한 내용이 나왔습니다. 가장 많은 수가 내놓은 답은 '불안을 이기고 마음의 여유를 갖고 의연하게 아이를 기다릴 수 있게 되었다.'였습니다. 저는 속으로 '그렇지!' 하고 쾌재를 불렀답니다. 저 역시 딸의 안식년 효과 중 가장 값진 것이 바로 그것이었거든요. 이젠 "부모가 불안을 거스르는 의연함을 기르는 데 1년의 방학만큼 효과적인 것이 없습니다!"라고 더욱 자신 있게 외칠 수 있습니다. 더 이상 저만의 경험이 아니라서요.

마지막으로 가족 동행을 중요하게 여기는 이유는 참여하는 부모들이 청소년 모두에게 넓은 울타리가 되어 주기 위해서입니다. 아이들이 어릴 적에는 아이 친구들 가정과 친해지고 끈끈하게 엮이는 경우가 많지만, 중고등학교 들어가면 친구 이름조차 모르지 않나요? 꽃친으로 모인 가정들은 1년 동안 종종 얼굴을 마주하며 서로에게 길동무가 되어 갑니다. 그래서 온 가족이 모여도 뻘쭘하지 않고 내 아이 네 아이 할 것 없이 자연스레 '우리 아이'가 됩니다. 솔직히 바쁜 도시 생활에 한 달에 두 번씩이나 부모 모임을 하려면 왜 부담스럽지 않겠습니까. 그러나 한 해를 마무리할 때쯤 되면 헤어짐을 아쉬워할 정도로 친해진답니다.

언제부턴가 우리는 아이들을 어딘가에 맡기는 것에 익숙해졌습니다. 부족한 학습을 보충하고 실력을 쌓도록 돕는 것이 학원 고유의 역할이지만, 현재 학원에게 그 이상의 역할을 기대합니다. 보육 기능에 진로 지도, 나아가 인생 상담까지 아우르더군요. 인생의 중요한 문제를 몽땅 학원에 맡기는 거죠. 이는 우리나라만의 특수성이 아닐까 싶습니다.

부모의 삶이 팍팍해서 그럴 여유가 없다는 현실적 문제도 분명 있지만 부모 자녀 간 건강한 관계를 가꾸기를 어려워해서 일찌감치 손을 놓아 버리는 가정도 많습니다. 몇 년 전 〈한겨레〉에서 청년들을

초록이 우거진 교외 공원에서

꽃다운친구들 가족 캠프가 열렸습니다.

내 아이, 네 아이 경계가 사라지는 반갑고 정다운 자리입니다.

조사한 바에 따르면, 어려움이 있을 때 찾아갈 사람이 있냐는 질문에 100명 중 66명은 없다고 대답했더군요. 치열한 경쟁과 빈약한 사회 안전망 속에서 사는 것이 녹록지 않을 텐데 어려움을 나누고 의논할 대상조차 없다니 안타깝습니다. 그런 의미에서 남다른 일 년을 보내면서 격려와 사랑을 주는 여러 어른을 사귄 꽃치녀들은 앞으로 최소한 외롭지는 않을 테지요.

희수 동생 희성이는 꽃친의 강원도 여행에 함께했습니다. 형과 누나들의 귀여움을 독차지하며 2박 3일 여행을 만끽하고는 꽃친에 완전히 꽂혀 버렸답니다. 중학교를 졸업하는 7년 뒤 자기도 반드시 꽃친이 되겠다고 기염을 토했지요. 3기 서준이 동생 형준이도 꽃친 7기에 들어올 기세입니다. 몇 년 뒤 동생들의 약진을 흐뭇한 마음으로 기대해 봅니다.

2년 전 오빠의 꽃친 생활을 가까이에서 바라본 동생 다슬이는 올해 3기로 활동 중입니다. 꽃친 최초의 남매 참여 가족이지요. 3기 세진이 가족이 꽃친 마지막 모임인 안녕식 때 할머님을 모시고 온 것은 모두에게 큰 격려가 되었지요. 가족 모임 때마다 참여했던 의준이 누나 의선이도 1기 꽃친들에게는 꽤 친숙한 누나이자 언니입니다. 가족들 낯이 익으니 친구네 집에서 하룻밤 자고 오는 것도 그리 어색하지 않습니다. 한 아이를 키우려면 마을 전체가 필요하다고 말합니다. 꽃친도 이렇게 아이들, 부모님과 형제자매들, 선생님들이 서로 연결되어 '보이지 않는 마을'을 이루어 갑니다.

가족이 동행하는 이유를 살펴보았는데 혹시 부모가 아이를 위해 뭔가 많이 해야 하지 않을까 하는 오해가 있을지도 모르겠네요. 꽃친의 가족 동행 특징은 아이를 돕기 위해 부모가 바빠질 필요가 없다는 것입니다. 아이를 적당한 거리에서 느긋하게 바라보며 격려하고, 필요할 때 대화 상대가 되어 준다면 그것으로 충분합니다. 아이들은 건강성을 가진 존재입니다. 좀처럼 망가지지 않는다는 이야기지요. 믿음의 시선으로 아이를 대한다면 부모는 한결 어깨가 가벼워지고, 부모 자신의 삶을 가꾸는 쪽으로 에너지를 옮길 수 있답니다.

꽃친은 1년이라는 여백을 공유하며 정신없이 한 방향으로만 몰아가는 세상에서 자칫 잃어버릴 뻔했던 참 배움과 우정, 진정한 자녀 사랑의 의미 등을 다시 가다듬도록 도와주는 길동무 모임입니다. 1기, 2기, 3기에 이어 꽃친 울타리가 점점 넓어지고 있습니다. 꽃다운 친구들 동행자 네트워크, 줄여서 '꽃친동네'는 멈춰 설 수 있는 용기를 가진 이들이 서로에게 울타리가 되어 주며 시대가 부추기는 불안을 함께 견디며 의연함을 기르는 공동체가 되고자 합니다.

써 놓고 보니 비장하고 진지한 모임으로만 비춰질지도 모르겠네요. 우리 부부가 둘 다 진지한 캐릭터라서 자칫 그리될 뻔 했으나, 만남이 거듭될수록 어떻게 하면 만날 건수를 만들까 궁리하는 즐거운 모임으로 발전하고 있어서 천만다행입니다. 우리끼리 즐겁고 행복하면 그만일까요? 아닙니다. 거대한 흐름에 떠밀려 고통받는 청소년들이 가득한 세상에 꽃친동네가 한 줄기 바람이 되어 줄 수 있다면

좋겠습니다. 그 바람이 누군가를 숨 쉬게 해 준다면, 더불어 함께 살
만해지는 세상을 꿈꾸며 움직여 보겠습니다.

2부

방학이
1년이라서!

"우리도 행복할 수 있습니다. 불행한 학교의
구조를 바꾸는 노력과 더불어 때로 과감히
그곳을 벗어나는 선택을 할 수도 있으니까요."

우선멈춤,
브레이크를 밟아야 할 때

울긋불긋 화려하던 잎들이 하나둘 바닥에 떨어져 나뒹구는 가을의 끝자락이었습니다. 차가워진 공기, 헐거워진 나뭇가지 사이로 보이는 파란 하늘은 중년으로 가는 제게 질문을 던지는 것 같았습니다.

'인생의 가을을 향하는 너는 어디로 왔다, 어디로 가는 것이냐?'

삶의 방향과 의미를 묻는 물음이 마음에 울려 더욱 스산한 늦가을 오후였지요. 초등학교 5학년을 마무리하는 큰아이 채윤이의 갑작스런 선언이 낙엽 쌓인 거리를 배회하는 마음을 확 잡아끌어 현실에 갖다 앉혔습니다.

"엄마, 나 예술 중학교 가고 싶어. 어려운 거 알아. 힘든 것도 알아. 그래도 할 거야. 마음을 정했어. 열심히 할게."

채윤이가 음악을 좋아하고 재능이 있는 것은 알았지만 굳이 일찍 전공으로 정할 필요는 없다고 생각했습니다. 보통 초등학교 3학년이나 4학년부터 시작하는 예중 입시이기에 이미 늦은 일이기도 했지요. 그래서 채윤이의 길은 아니라 여겼지만 어쩐지 아이가 포기하질 않았습니다. 자발적으로 하겠다는 마음이 예뻐서 못 이기는 척 허락했습니다. 어차피 해도 안 될 것이니 일 년 동안 열심히 피아노 치는 것, 나쁘지 않다고 생각했지요.

피아노 외 사교육을 하지 않았으니 남는 것이 시간이었고, 채윤이는 그 모든 시간을 노는 데 바치는 아이였습니다. 아파트 아이들의 학원 스케줄을 꿰고, 학원 사이 시간을 공략해 잘도 놀았습니다. 복도식 아파트의 1층부터 꼭대기까지 누비고 다니며 '경찰과 도둑' 게임을 하고 일곱 살 유치원생까지 포함된 자전거 부대를 이끌고 다니는 '동네 노는 누나'였지요.

예중 입시를 결정하자마자 우리 아파트 노는 누나는 사라졌습니다. 학교 다녀오면 피아노 앞에 앉아 끝도 없이 연습에 매진했습니다. 피아노를 전공으로 확정한 순간 그런 삶을 살아야 한다는 것을 미리 알고 있었던 듯 말입니다.

"14층 누나, 왜 요즘 우리랑 안 놀아?"

팬들의 성화에 아랑곳하지 않고 그 세계에 사는 법을 빠르게 받아들이고 익히는 것이 신기할 정도였습니다. 그러더니 견고한 입시 벽을 뚫고 예중에 입학하였습니다.

채윤이의 짧은 예중 입시 이야기는 주변 엄마들의 부러움을 샀습니다. 왜 아닐까요. 합격이라는 말은 언제 들어도 좋고, 축하받을 일이니까요. 더 절절한 부러움은 다른 데 있습니다. 아이의 재능을 발견해 진로를 정했다는 것입니다. 아이의 타고난 재능을 발견하는 것은 부모의 의무이고 즐거움이기도 하지요. 일찍 재능을 발견해 그 길로 매진할 수 있다는 것은 좋은 일입니다.

그 이면에 보이지 않는 안도감이 있습니다. 공부만으로 명문 대학 들어가는 관문은 좁지요. 그나마 예체능 또는 더 특이한 길을 찾으면 대입 경쟁률이 현저하게 낮아진다는 계산이 있습니다. 결국 지금 우리 사회에서 아이의 재능을 발견한다는 것은 대입으로 가는 빠르고 쉬운 길을 찾는다는 것과 크게 다르지 않습니다. 그 모든 의미로 저는 안도했습니다. 공부보다 음악을 더 좋아하고 잘하는 아이가 전적으로 음악에 몰입할 수 있으니 잘된 일이고, 진로, 실은 대입을 향한 급행열차 티켓을 얻은 것 역시 고마운 일이었지요. 부러움의 대상이 될 만했습니다.

간신히 잡아타고 보니 고지를 향한 급행열차 안의 상황은 썩 좋지 않았습니다. 아이의 시간은 기계처럼 돌아갔습니다. 정확하게 아이의 생체 리듬에 맞게 짜여진 학사 일정 같았지요. 학기 초, 적응할 여유도 없이 시작되는 향상 음악회부터, 학기말 실기 시험을 위한 곡 선정과 연습이 이어졌습니다. 행여 공부에 소홀해질세라 중간고사, 중간고사 마치고 긴장이 풀릴세라 다시 향상 음악회, 그리고 숨 막히는 기말고사와 실기 시험이 있었지요. 아이의 몸과 마음에 긴장이 풀릴 새 없이 착착 돌아가는 일정이었습니다. 시험이 끝나는 날에는 놀이공원으로, 그들만의 유흥가로 달려가 한나절 열정을 불태워 놀고는 했습니다. 약속이나 한 듯 긴장을 푸는 것은 그날 하루로 족했습니다. 다음 날부터 콩쿠르와 실기를 위한 곡 리딩에 들어갑니다.

이런 일정 속에서 지치고 힘들다고 말하지도 않습니다. 그 트랙에 올라서면 지정된 속도에 몸을 맞춰야 합니다. 연습을 열심히 하고 안 하고의 문제가 아닙니다. 지정된 속도에 맞춰 가야 하는 것입니다. 예중이라는 특수성만은 아닙니다.

대한민국의 모든 중학생은 중간고사, 기말고사, 방학 다시 중간고사, 기말고사, 방학 이 스케줄 안에서 길게 긴장을 풀지도 못하고 마음 놓고 방황도 못하며 달립니다. 이 역시 공부를 열심히 하고 안 하고의 문제가 아니지요. 매일 휴대 전화만 들여다보고, 게임에 목숨 거는 아이들조차 조이는 학사 일정의 트랙에서 결코 자유롭지 못합니다.

저의 학창 시절 역시 큰 틀에선 비슷했습니다. 중학교 3학년 때는 연합고사 준비를 위해 마음의 감옥에 스스로 갇혔고, 고등학교 3년은 대입을 향해 유배되었습니다. 어른이 되어 자유로워지는 것과 어떻게든 더 좋은 대학에 다니는 대학생이 되는 것이 같았기에 공부하며 견뎠지요. 대학 가면 많은 것을 누릴 수 있다는 기대로 여러 즐거움을 유보할 수 있었습니다.

음악을 하는 채윤이에게 혹독한 훈련의 시간은 피할 수 없었습니다. 음악가의 탁월성이란 타고난 음악성에 피나는 연습을 더합니다. 실기 우수생 자리를 놓치지 않는 아이들 뒤에는 대개 무시무시한 레슨 선생님이 있다고 합니다. 시험이 끝나서 놀다 죽을 각오로 온 힘을 다해 노는 날에도 바로 연습실로 가는 아이들이 있습니다. 엄마도 무섭지만 레슨 선생님이 허락하지 않는다고 합니다. 그런 아이들이 실기 우수자라는 영예를 얻습니다. 그러니까 가야 할 방향을 정했을 때, 거침없이 매진하고 달려가는 사람이 고지를 점령하게 됩니다. 언젠가 정상에 다다라 기뻐할 날을 위해 오늘의 즐거움을 유보하는 것은 인간만이 할 수 있는 일이지만, 기계처럼 돌아가는 학업의 트랙에서 뒤처지지 않기 위해 뛰는 것은 선택의 문제가 아니었습니다.

2학년이던 어느 날, 채윤이가 말했습니다.

"엄마, 나 예고 가지 말까 봐. 인성 시간에 장래 희망을 이야기하는데 피아노과 애들이 나 빼고 장래 희망이 다 똑같아. 뭐게? 피아니스트, 땡! 모두 다 교수야. 그런데 더 놀라운 건 모두 다 서울대 교수라는 거야. 그게 말이 돼? 서울대 피아노과 교수가 몇 명인 줄 알아? 우리 학년에 피아노과만 40명인데."

친구들이 모두 같은 꿈을 가졌다는 것이 새삼스러운 것은 아닙니다. 예고에 가지 말까 고민하는 아이의 말에 놀라는 나 자신이 낯설게 느껴졌습니다. 채윤이가 덧붙였습니다.

"엄마, 우리가 아직 중학생이고 3학년도 아닌데 선생님들은 너네 예고 못 가면 대학 못 간다고 자꾸 한 가지 이야기 밖에 안 해. 너무 이상한 거 같아."

스스로 문제의식을 느끼는 아이와 달리 저는 덤덤해졌습니다.

"엄마, 나 예고 가지 말까 봐.
인성 시간에 장래 희망을 이야기하는데
피아노과 애들이 나 빼고 장래 희망이 다 똑같아. 뭐게?
피아니스트, 땡! 모두 다 교수야."

'엄마는 다 알고 보냈단다. 이제 우리에게 선택의 여지가 없어. 방향을 정했으니 달려갈 수밖에.'

3학년이 되자 본격 입시 체제에 돌입했습니다. 친구들 앞에서 연주하는 '향상 음악회'가 더 자주 돌아왔지요. 채윤이는 완성되지 않은 곡을 들고 무대에 서게 되었습니다. 다들 시간이 없지만 그래도 잘 치는 아이들은 있으니 무대 설 때마다 자존심이 구겨지고, 구깃구깃한 자존심이 펴질 날이 없었습니다. 더불어 자존감이 낮아지는 것은 당연한 결과였지요. 연습을 게을리하는 것이 아닌데 계속되는 악순환이었습니다. 점수로 줄 세우는 환경에서 치열한 노력은 있되 충분히 만족스러운 결과는 없었습니다. 늘 올려다볼 '위'의 등수가 있고, 더 높은 점수가 있었으니까요. 일등 하는 친구라고 달랐을까요? 그럴 리 없습니다. 최고의 자리를 지키려는 노력은 올라가는 노력보다 더 힘겨운 법입니다.

이런 분위기에서 채윤이 어깨는 펴질 날이 없었습니다. 15개월부터 정확한 음정을 찍어 노래하던 아이, 밤의 여왕의 아리아를 시원하게 불러 재끼던 다섯 살 채윤이는 사라지고 있었습니다. '피아노 못 치는 아이'라는 자의식만 커지는 것 같아 안타까웠지요. 성적, 등수 그까짓 것 괜찮다고 애써 저를 달래고 아이를 다독여도 크게 소용이 없었습니다.

벚꽃이 흐드러지게 핀 4월 향상 음악회였습니다. 절망적인 무대였지요. 음악만 들리면 정수리부터 발끝까지 충만하던 채윤이는 어디로 가고 나무토막 두 개가 영혼 없이 건반 위를 오가고 있었습니다. 어떻게 된 일인지 꽁꽁 얼어붙어 겨울왕국의 엘사가 된 채윤이를 보았습니다. 5학년 입시부터 함께했던 선생님이 말했습니다.

"처음 만났을 때 반짝이던 채윤이가 없어졌어요. 무슨 이야기를 해도 못 알아들어요."

못 알아듣는다, 못한다고 다그칠수록 나무토막은 더욱 메말라 가니 악순환이었습니다. 피아노를 못 치는 것보다 반짝이던 채윤이를 잃어서, 어디 가서 찾아야 할 지를 몰라서 더 절망스러웠습니다. 성적보다, 성격보다, 그 무엇보다 가장 지켜 주고 싶었던 채윤이다움을 잃어버렸다는 생각에 마음은 아득해질 뿐이었지요.

나무토막 같은 두 팔과 로봇 같은 표정의 채윤이와 마주 앉았습니다. 자신만만했고, 표정이 풍부했고, 웃는 소리가 화통했던, 누구보다 행복했던 동네 노는 누나 채윤이를 언젠가 다시 만날 수 있을지 걱정되었습니다. 야외 테이블에 앉아 막막한 마음으로 아이와 대화를 시작했지요. 춥지도 덥지도 않은 봄바람이 살랑살랑 불어왔습니다. 꽁꽁 얼어붙은 줄 알았던 채윤이 몸과 마음 그 아래에서 졸졸 시냇물 흐르는 소리가 들리는 것 같았답니다. 어릴 적 채윤이의 모습이 사라진 건 분명하지만 그렇다고 채윤이가 없어진 것은 아니었습니다.

선생님이 무슨 말을 해도 못 알아듣는다고 했던 지점에 대해 채윤이는 이렇게 말했습니다.

"전에는 선생님이 하라는 대로 하는 게 맞다고 생각했어. 그런데 나는 어떤 부분을 포르테로 치면 안 될 것 같아. 내 생각엔 피아노여야 할 것 같다고. 그런데 선생님은 포르테로 치라고 하시는 거야. 선생님 생각과 내 생각이 달라. 다른 부분이 갈수록 많아져. 그래서 나도 힘들어. 어떻게 해야 할지 모르겠어."

'아, 그래서 그렇게 꼼짝 못 하고 얼어 버렸구나!' 선생님께 채윤이 생각을 말씀드리면 안 되겠냐고 물었습니다. 당연히 채윤이는 안 된다고 대답했습니다.

"나보다 음악을 더 잘하는 선생님인데, 말해도 소용없지."

무엇보다 당장 내일이 향상 음악회인데 그런 이야기를 해서 시간을 버릴 수 없다고 했습니다. 연습의 방향을 모르겠으니 할수록 더 안 된다고 말했지요.

마음에 한 줄기 희망의 바람이 불어왔습니다. '자기 음악을 찾는 중이었구나!' 자기 생각이 있지만 그게 무엇인지 몰라서 헤매고 있고, 그걸 죽이느냐 마느냐 하는 기로에 섰다는 생각이 들었지요. 예중 입학과 함께 방향이 정해진 줄 알았으나 가던 방향을 점검할 때가 된 것입니다. 학교의 잣대로 보면 그저 음악을 못하는 학생 한 명일 뿐입니다. 이대로 계속 달리면 조금 더 나아지거나 여전히 그저 그런 학생이 되겠지요. 꽁꽁 얼어붙은 채윤이 마음 어딘가에서 여전히 흐르는 시냇물 흐르는 소리를 들었다고 생각한 순간, 제 마음에 '멈춤'이란 표지판이 떴습니다. 아니, 이수진 대표님의 말로 바꾸자면 '속도를 줄이시오' 표지판이었습니다.

일찍이 가야 할 방향을 찾은 아이들에게도 속도를 줄이고 마음의 지도를 다시 들여다보는 시간이 필요합니다. 채윤이는 중학교 3학년을 예고 입시 준비로 보내고 다시 한번 합격의 영광을 거머쥐었지만 속도를 줄이기로 했습니다. 어렵게 올라탄 대학 입시행 급행열차이지만 잠시 내려오기로 했습니다. 일 년의 방학을 갖는 꽃다운친구들에 합류하기로 했지요. 스스로 페달을 밟아 앞으로 나아가는 자전거로 갈아타고 속도를 줄이기로 한 것입니다. 열일곱 살 일 년은 천천히 가기로 했습니다.

그리하여 열일곱 꽃다운 나이 채윤이는 조금 천천히 걸으며 생의 봄날을 누렸습니다. 그것을 바라보는 엄마의 시간은 가을의 숲입니다. 인생의 봄과 여름을 지내고 중년을 맞는 저는 가야 할 방향이 뚜렷할까요? 자신 있게 답할 수 없습니다. 어딘가를 향해 달려왔지만 돌이켜보면 예기치 않은 곳에서, 생각지 못한 일로 방향이 바뀌곤 하였습니다.

예기치 않은 만남이 저를 새로운 길로 이끌었고, 갑자기 눈앞에 나타난 장애물에 막혀 방향을 틀어야 하기도 했지요. 그때마다 질주하던 생의 레이스에서 서서히 밟은 브레이크가 저를 저답게 했습니다. 하물며 이제 겨우 인생의 아침 시간을 지나는 아이는 어떨까요. 방향을 일찍 정하고 질주하던 채윤이가 브레이크 페달을 밟게 되어 참 다행이었습니다.

동의라니요,
자기 결정입니다

2004년 탄핵 정국 때 채윤이는 네 살이었습니다. 엄마 아빠 손잡고 광화문 촛불 집회에 나갔지요. "타넉꾸요! 민쥬수호!" 광화문 네거리 아스팔트 바닥에서 엄마 아빠 사이에 앉아 외쳐 댔습니다. 언제 떠올려도 마음 한 구석이 간지럽도록 고운 소리, 네 살 채윤이의 목소리입니다. 시위 마치고 돌아오는 길 아빠 어깨에 걸터앉아 고래고래 다시 구호를 외치고 노래를 불러대던 모습 또한 평생 잊지 못할 장면입니다. 당시 유행이던 미니홈피에 이날의 사진을 자랑삼아 게재하였습니다. 어떤 지인이 우려를 표명하는 댓글을 남겼습니다. '아직 스스로 판단할 능력이 없는 아이에게 부모의 정치적 입장을 그대로 주입하는 건 좀 아니지 않나?' 문제 제기할 수 있는 부분이라고 생각했습니다. 특히 정치적 입장이 다른 사람이라면 더더욱 우려할 법하지요.

그러나 집회에 데려가지 않는다고 해서 가치 중립적인 부모라

할 수는 없습니다. 아이가 노는 거실에 앉아 뉴스를 보면서 "저런 빨 갱이 놈들 다 북한으로 보내 버려!"라고 적극적으로 표방하든, 무의 식적인 주입이든 모든 부모는 아이에게 나름의 세계관을 심어 줍니 다. 정치적 입장은 물론이고 삶을 바라보는 관점을 총체적으로 가르 칩니다. 특히 아이는 생애 초기에 부모의 절대적 영향권 안에서 말이 아니라 삶으로 인생을 배우기 때문입니다. 그러니 아이에게 부모의 세계관을 주입하지 않을 방법이 있을까요? 저는 엄마로서 말이 아니 라 삶으로, 의식적 태도가 아니라 무의식적 습관으로 아이에게 영향 을 미치고 있습니다.

최고의 엄마가 되고 싶은 꿈이 있지만 '나'라는 한계를 벗어날 수 없다는 것도 인정합니다. 엄마로서 선택과 책임이라는 원칙을 지 켜 보려 합니다. 치열하게 고민하며 선택하고, 그에 따른 좋은 결과 는 물론이거니와 예상치 못한 실패도 제 몫으로 떠안겠다는 뜻입니 다. 네 살 아이를 촛불 집회에 데리고 나간 탓에 이 아이가 불행한 삶 을 산다면 그 누구를 탓하지 않고 나 자신에게 책임을 물어야 하겠 지요.

아이에게도 스스로 선택하게 하고, 책임을 지도록 합니다. 글로 써 놓으면 꽤 소신에 찬 교육 철학 같지만 그 철학이 주로 머릿속에 머문다는 것이 문제라면 문제입니다. 네 살 아이의 엄마일 때는 사실 그리 어렵지 않습니다. 아이가 자라면서 '자기 입장'을 가지니 생각 처럼 되는 일이 없지요. 아이에게 선택과 책임을 가르치고자 한다면 엄마 눈에 실패가 뻔히 보이는 일을 허용해야 할 때가 많습니다. 이게 말처럼 쉬운 일이 아닙니다. 특히 저처럼 인격적으로 미숙한 데다 기질적으로 통제 본능이 강한 엄마에겐 참으로 어려운 일이지요. 저의 경계를 계속 허물지 않고는 지킬 수 없는 원칙이기에 아이와 함께 성장하는 것 외에는 다른 방법이 없습니다.

언제, 얼마만큼의 선택권을 허락하는 것이 좋을까요. 갈수록 어려운 질문입니다. 일찍부터 아이들 사교육은 절실히 필요하고 목적이 뚜렷할 때, 아이의 자발적 선택이라는 전제하에 시키자고 결심했습니다. 그런데 아이의 자발성을 믿을 수 있느냐는 것부터 어려운 문제입니다. 친구가 다니는 학원에 다니고 싶다고 조르고 또 조른다고 '오, 너의 자발성!' 하며 넙죽 시킬 수는 없습니다.

아이 스스로 깨닫지 못하는 재능을 부모가 발견했다고 칩시다. 가령, 아이가 특별한 음악성을 타고났구나 싶을 때, 부모의 제안 또는 강압으로 피아노 레슨을 시작하는 것은 어떤가요? 아이의 재능을 발견했다고 하지만 실은 어렸을 적 환경 때문에 타고난 음악성을 충분히 발휘하지 못했다고 느끼는 부모 자신의 결핍감일 수도 있지요.

이 같은 딜레마에 빠졌을 때 필요한 것은 시간입니다. 적어도 우리 집에서는 그랬습니다. 학원 하나를 결정해야 한다면 부모의 제안이든 아이가 원하는 것이든 일단 충분한 시간을 갖고 의논했습니다. 바로 여백을 두었지요. 그리고 합의하에 시작했다면 지속적으로 다니고 중간에 재미없어졌다고 바로 끊을 수 없도록 원칙을 세웠습니다. 기준이 높으니 덥석 시작할 수 있는 사교육이 거의 없었지요.

초등학교 5학년 때 예술 중학교에 가겠다는 채윤이의 선언 이후에도 시간이 필요했습니다. 할지 말지에 대해서 의논하거나 여러 가능성을 구체적으로 상상하는 시간이 아니었습니다. 처음엔 턱도 없는 말이라 일축했다가 아이의 의지가 생각보다 굳어서 한번 생각해 보자고 했는데, 그 말의 값을 위한 시간이었습니다.

레슨 선생님을 한 번 만나고 또 시간을 보냈습니다. 하던 대로 피아노 치고, 레슨 받으며 시간을 보냈지요. 엄마 아빠는 간간이 현실적인 문제, 즉 레슨비를 감당할 수 있을까 하는 이야기를 했습니다. 특별한 계기 없이 준비해 보자는 결론이 났습니다. 아이에게도 부모에게도 자연스러운 결론이었지요. 채윤이는 자기가 먼저 제안했고, 엄마 아빠를 조르고 졸라 허락을 얻었다 생각했는지 고맙다며 매우 좋아했습니다. 그때 채윤이는 어떤 혹독한 책임의 대가가 기다리는지 몰랐겠지요.

예술 중학교 3년, 깊은 좌절과 함께 자존감이 바닥을 치는 시간 동안 채윤이는 자기 결정이었기에 분풀이할 곳이 없었습니다. 스스로 선택했기에 더욱 어깨가 무거웠지요. 한편 그랬기 때문에 어떻게든 버틸 수밖에 없었습니다. '자기 결정'의 힘은 강합니다. 그사이 엄마 아빠는 무엇을 했냐고요? 힘겹게 레슨비를 조달했지요. 지하철로 한 시간 걸리는 등하교를 차를 태워 데려가는 일도 거의 없었습니다. 같은 반 친구 중에는 엄마가 학교에 데려가고 레슨실, 연습실까지 그림자처럼 동행한다는데 말입니다.

실기 시험 마친 어느 날, 질풍노도의 열정을 불태울 요량인지 채윤이는 친구들과 디스코 팡팡을 타러 갔습니다. 신나게 놀다 뚝 떨어져 넘어졌는데 발이 아픈 게 심상치 않다며 전화가 왔습니다. 일단 근처 정형외과에 가도록 하고 태우러 갔지요. 비가 많이 와 도로는 막히고 내 마음 또한 꽉 막혔습니다. 막힌 도로를 따라 두어 시간은 걸려 학교 근처 병원 앞에서 아이를 만났는데 뼈에 금이 가 깁스를 한 상태였습니다. 병원에서 만나 집에 오던 길에 채윤이가 말했습니다.

"엄마가 걱정할까 봐 전화하지 않고 병원 가려고 했는데 혹시 돈이 모자랄까 봐 어쩔 수 없었어. 솔직히 엄마, 다치고 너무 아팠지만 내가 아픈 건 괜찮은데 엄마한테 미안한 마음이 먼저 들었어. 엄마, 미안해. 강의하고 힘들 텐데 여기까지 운전하고 오게 하고. 앞으로 치료하려면 돈도 많이 들 텐데. 엄마, 미안해."

순간 마음이 무너졌습니다. '아이가 속이 깊어 엄마 생각을 하는구나.' 싶어서가 아니었습니다. 대체 제가 아이에게 어떤 엄마이기에 발이 아픈 것보다 엄마 힘든 것, 치료비 들어갈 것을 더 걱정할까요. 저는 아이에게 어떤 존재인가, 힘들고 아플 때 앞뒤 안 가리고 그냥 뛰어들어 안기고 울 수 있는 품이 아닌 것인가 고민했습니다.

자기 결정을 위한 여백. 그것을 보장하는 것은 엄마에게는 때로 도를 닦는 것과 같습니다. 공부해라, 연습해라, 빨리 일어나 준비해라, 이것 말고 저것을 먹어라, 옷이 그게 뭐냐, 단정하게 좀 입어라, 정말 많은 말을 가슴으로 삼킵니다. 통제하고 강압하는 말을 멈추고 기다리는 시간 자체가 아이의 여백이 된다고 믿기 때문입니다. 허벅지 찌르며 잔소리 본능을 참고 참는다고 능사가 아닙니다. 가끔 눌러 놨던 통제 본능이 한꺼번에 폭발하기도 합니다.

더 어려운 것은 애써 아이와 나 사이에 만든 여백이 아이에게는 때로 외로움으로, 엄마인 나 자신에게는 직무유기의 죄책감으로 다가오는 시간이지요. 이 시간을 견디기는 쉽지 않습니다. '내가 잘하는 걸까?'를 여러 번 묻게 되고 확신 없이 흔들릴 때가 많습니다. '헬리콥터 맘'이라 불리는, 온종일 아이 주변을 맴돈다는 엄마들이 있지요. 그런 엄마들과 저를 남몰래 비교하며 자부심을 충전할 때도 있지만, 자기 비하와 두려움에 휩싸일 때도 있습니다. 정말이지 아이가 자라는 속도를 따라 함께 성장하지 않고는 엄마로서 배겨 날 방법이 없답니다.

"채윤이도 동의했나요?"

채윤이가 예고를 포기하고 꽃다운친구들과 함께 일 년의 방학을 갖기로 결정했을 때, 많이 받은 질문 중 하나입니다.

"동의라니요? 자기 결정입니다. 자기 결정이 아니면 꽃친에서 받아 주지도 않습니다."

예고 합격을 확인하고 하루 이틀 안에 결정을 내려야 했습니다. 그 며칠은 채윤이는 물론 부모인 저에게 고통스럽도록 극심한 갈등

"나는 꽃친을 해도 예고를 가도 어차피 아쉬울 거라는 걸 알아.
꽃친을 하다 예고 교복 입은 친구들을 보면 부럽고
예고 갈 걸, 하겠지.
예고 가서 힘들 때는 꽃친 할 걸, 하겠고.
어차피 아쉽지 않을 수는 없어.
그러니까 그냥 아쉬워야지.
그리고 내가 선택한 걸 열심히 해야지."

의 시간이었습니다. 기나긴 대화가 있었고 최종적인 대화를 마치면서 말했지요. 낙엽이 거의 떨어져 나뭇가지 사이가 헐렁하게 비어 가는 11월의 토요일 밤이었습니다.

"채윤아, 이제 우리가 할 수 있는 이야기는 다한 것 같아. 이제 네가 마지막으로 결정해. 내일 교회 가서 기도하며 마음을 정리해도 좋겠다."

이 말에 채윤이가 갑자기 울컥했습니다.

"엄마, 나는 어른들의 그런 말이 이해가 안 돼. 내가 기도한다고 하나님이 이래라 저래라 결정해 주시는 것도 아니잖아. 결국 내가 결정해야 하는 거라고."

채윤이는 가장 고독한 자리에 홀로 섰습니다. 엄마도 아빠도, 신조차도 대신해 주지 않는 자기 결정의 기로입니다. 그 고독한 자리에 등 떠밀어 세우고 바라보는 엄마는 다시 '직무 유기는 아닐까.' 하는 죄책감에 휩싸였습니다.

결국 채윤이는 꽃친을 선택했습니다. 얼마 후에 저는 '입학 포기 각서'라는 것을 쓰기 위해 채윤이가 다니던 예술 중학교에 가야 했습니다. 혼자 운전하고 가는 길, 가끔 등굣길로 함께했던 강변북로를 먹먹한 마음으로 달리다 갑자기 눈물이 터졌습니다.

'나는 과연 잘하는 걸까, 내가 무슨 권리로 3년 동안 아이가 인간다움을 포기하고 연습해서 얻은 합격을 포기하려는 걸까, 이 각서를 쓸 권리를 누가 나에게 부여했단 말인가, 정말 아이를 위한 선택일까, 과연 채윤이 자기만의 결정이라 말할 수 있나, 부모를 잘못 만난 탓에 쉬운 길을 어렵게 가는 것은 아닐까……'

복받치는 감정에 주체할 수 없는 눈물이 흘러내렸지요. 그리고 학교에 도착해 떨리는 손으로 서명을 했습니다. 그렇게 '결정'의 갈등은 끝이 났습니다.

부모로서 아이에게 영향을 미치지 않을 방법이 없습니다. 네 살 채윤이를 목마에 태워 촛불 집회에 데려갈 수 있었지만 열여섯이 된 아이를 엄마가 데려가고 싶은 곳에 마음대로 데려갈 수는 없지요. 그러나 좋든 싫든 엄마로서 여전히 아이의 생각과 삶에 영향을 미치고 있습니다. 내가 완벽하지 않음을 알기에 아이의 행복에 대해서 함부로 재단하지 않으려 합니다. 그렇다고 아직은 열여섯인 채윤이 혼자 알아서 결정하도록 무책임하지도 않았습니다.

입학 포기 각서를 쓰던 날 울며불며 감정을 퍼낸 뒤 마음 깊은 곳에서 올리는 희미한 목소리에는 작지만 확신이 있었습니다. 좋은 대학에 가는 것보다 더 중요한 생명이 있었습니다. 모성애라는 것이 과연 본성인지, 저도 그것을 장착하고 있는지 잘 모르겠습니다. 다만 아이를 살리고 죽이는 것에 대한 본능적인 감각은 있지요. 아이를 살리는 것은 제 숨을 쉬게 하는 것이고, 제 장단에 춤추게 하는 것입니다. 일 년 쉬는 것 역시 능사는 아니지만 적어도 자기 시간을 제 맘대로 써 보는 기회를 주는 것입니다. 채윤이도 저도 흔들리며 가겠지만 우리는 생명을 선택했습니다. 꽃친 가족 인터뷰를 마치고 돌아와 채윤이가 말했습니다.

"엄마, 내가 아까 꼭 하고 싶었던 말이 있었는데 그걸 못했어. 나는 꽃친을 하든 예고를 가든 둘 다 아쉬울 거라는 걸 알아. 꽃친을 하다 예고 교복 입은 친구들을 보면 부럽겠지. 예고 가서 힘들 때는 에이, 꽃친 할 걸, 하겠고. 어차피 아쉽지 않을 수는 없어. 그러니까 아쉬운 건 그냥 아쉬워야지. 그리고 내가 선택한 걸 열심히 해야지."

자기 결정이었습니다.

우리도 행복할 수 있을껴

『우리도 행복할 수 있을까?』는 2015년에 출간된 오마이뉴스 오연호 대표의 책입니다. 세계에서 가장 행복한 나라 덴마크 사람들이 행복한 이유를 톺아보는 내용을 감동과 부러움으로 읽었습니다. 우리도 이 사람들처럼 행복할 수 있을까요? 그 비법이 궁금해 단숨에 읽었지요. 마지막 장을 덮을 즈음 명확한 대답이 들렸습니다. '우리는 행복할 수 없다!' 참으로 부럽지만 우리에겐 불가능하겠구나 싶어 허탈했습니다.

저자는 덴마크 심층 취재를 시작하면서 분명하게 감이 잡히는 것이 하나 있었다고 합니다. 덴마크의 인생 행복은 행복한 학교에서 시작한다! 그 예상은 적중했습니다. 덴마크의 학교에는 시험과 등수와 왕따가 없답니다. 대신 있는 것은 선택의 자유라고 합니다. 이런 곳이 학교라니 잘 믿기지 않았습니다. 우리에게 학교란 시험을 치고 성적으로 줄 세우는 곳, 왕따당할까 무서워 줄에서 이탈하지도 못하는 곳이 아닌가요. 거기에 무려 선택의 자유가 있다니, 행복하지 않을 수 없겠지요. 그러니 우리는 행복할 수 없겠다는 생각이 들었습니다.

우리 아이들은 학교 때문에 불행합니다. 중학교 3년 다니는 동안 학교 갔던 아이가 환하게 웃으며 현관에 들어선 적이 있었던가 천천히 떠올려 보았습니다. 설마 한 번도 없지는 않을 텐데 떠오르는 장면이 없었습니다. 늘어뜨려 맨 가방의 끈만큼이나 처진 어깨, 표정 없는 얼굴이 계절별 교복과 짝을 이뤄 떠오를 뿐이었지요. 채윤이의 표정에선 불행이 뚝뚝 떨어지곤 했습니다.

예술 중학교라는 특수성이 있습니다. 실기 시험 등수가 공개 아닌 공개여서 모르는 아이들 빼고는 다 아는 서열이 되었지요. 실기 우수자라 이름 붙은 아이들은 그 자리를 놓치지 않기 위해, 보통 아이들은 실기 우수자가 되기 위해, 뒤에 처진 아이들은 어떻게든 한 계단이라도 올라서기 위해 쉴 새 없이 연습을 합니다. 그러니 얼굴이 펴질 날이 없지요. 자타가 인정하는 바, 연습 벌레나 연습 기계가 되지 않으면 살아남을 수 없는 세계입니다. 예중만 그러할까요. 조금 다르지만 '연습' 대신 '공부'로 대치될 뿐 일반 학교 역시 크게 다를 바 없습니다. 대입을 코앞에 둔 고등학교, 바로 그 아래 중학교만 그런 것이 아닙니다.

기나긴 불행의 나날이 시작되던 때를 기억합니다. 채윤이는 초등학생이 되어 받아쓰기란 희한한 '쓰기'를 만났습니다. 채윤이는 더듬더듬 글을 읽고 자기 이름과 가족들 이름을 괴발개발 쓰는 실력으로 초등학교에 입학한 뒤였습니다. 난생처음 만난 받아쓰기 시험 앞에서 당연히 목표는 100점이었습니다. 일단 목표 설정의 '주어'는 없습니다. 이제 겨우 이름 석 자 쓰는 채윤이가 'ㄶ'과 'ㄵ' 받침을 구별해 외우고 받아쓰기 시험을 봐야 했고, 학교라는 불행의 상자를 열었습니다.

채윤이는 당연히 100점 맞고 싶어 했습니다. 100점의 의미를 알아서가 아닙니다. 일단 선생님도 엄마도 100점을 좋아하니까요. 빵점은 뭘 못한다는 말이고 100점은 최고라는 뜻임을 바로 알아챘습니다. 초등학교 가기 전까지 오로지 노는 것에만 시간과 정열을 바친 청순한 뇌를 가진 여덟 살 아이였습니다. 그 청순한 뇌로 노력과 피나는 노력을 하고 시험을 봐야 100점이 나온다는 역학을 이해할 리만무했지요. 반면 저는 점수 100점에 담긴 온갖 복잡한 변수와 상관관계를 알면서도 '그래, 100점 맞아야지!'라고 용인했던 엄마였습니다. '묻지도 따지지도 않고 100점을 목표로 설정했다.'의 주어는 엄마였지요.

저도 나름대로 한글을 포함한 조기 교육을 반대하며 꿋꿋이 신념을 지켜 온 엄마였습니다. 한글 떼는 것은 기본이고 사칙 연산과 함께 영어 또한 일찍 시작해야 한다며 주변의 엄마들이 더 걱정했습니다. 아이가 일곱 살 됐는데도 까막눈이라고 했더니 채윤이 친구 엄마가 진심을 담아 물었습니다.

"언니, 정말 괜찮아? 걱정 안 돼?"

이런 반응에 오히려 짜릿한 쾌감을 느끼며 교만하게 말했습니다.

"공부란 준비될 때 자발적으로 해야지. 지나친 선행 학습은 자발적 학습 의욕을 미리 꺾고 만다고!"

그러면서 막연한 희망을 품었지요. '정작 공부해야 할 때가 되면 일찍 시작해서 미리 질려 버린 아이들보다 더 잘할 거야. 암, 그렇고 말고! 내 딸인데.'

엄마의 환상은 학교에 발을 들이자마자 받아쓰기와 함께 무참히 깨졌습니다. 저녁 내내 아이와 마주 앉아 의자에 '앉았'는지 '않았'는지 구별해 쓰게 하느라 난리를 치렀지요. 아이는 받아쓰고, 혼나고, 고치고, 다시 받아쓰고, 또 혼나다 울며 잠들었습니다. 그럴 거였으면 진즉에 한글 학원에 보낼 일이었습니다. 소신 있는 엄마 코스프레의 영광은 짧았습니다. 까막눈 아이를 학교에 밀어 넣으며 '중요하지 않아. 학교 가서 배우면 되지. 배우려고 학교 가는데 미리 다 알고 가면 뭘 배워.'라고 했던 소신은 받아쓰기 하나에 종이 포장지처럼 찢겨 나갔습니다.

문제는 엄마인 제게 새겨진 학교에 대한 경험과 기억이었습니다. 미취학 아이의 엄마일 때는 이상주의자로서의 소신을 얼마든지 지킬 수 있었습니다. 하지만 막상 학교 앞에 서자 길들여진 방식으로 반응했지요. 대한민국 초·중·고·대학교를 경험한 제게 학교는 곧 공부, 시험, 성적이었습니다. 자유로운 학교란 없고 학생이 공부를 해야지, 공부를 해서 시험을 잘 봐야지, 100점을 맞아야지, 학교는 그러려고 다니는 곳이라고 생각했습니다. 긴 세월 무의식적으로 체득되어 학교에 대한 다른 그림이라곤 없었습니다. 비록 한글과 수학 교육을 선행하지는 않았지만 일단 하면 내 아이는 잘하겠지 싶었습니다.

우리 아이들이 덴마크 아이들처럼 행복해질 수 없는 이유는 학교라는 구조 때문만은 아닙니다. 그 구조에 철저히 길들여져 버팀목을 자처하는 저 같은 엄마가 떡 버티고 있기 때문입니다. 대한민국 학교와 부모가 있는 이상 대한민국 아이들은 행복할 수 없나 봅니다.

아이 나이가 엄마 나이라고, 아이가 초등학교 1학년일 때 저도 엄마 1학년이었습니다. 받아쓰기 공책을 앞에 두고 '앉았다'인지 '않았다'인지 진땀을 빼는 아이처럼 저도 공교육과의 첫 대면에서 어느 장단에 맞춰 춤을 춰야 할지 좌충우돌이었지요. 학교와 아이, 학교와 학부모, 학부모와 아이를 객관적으로 바라볼 힘이 없었습니다.

받아쓰기의 계절이 지나고 단원 평가, 기말고사를 정기적으로 치르는 2학년, 3학년이 되면 엄마 학년도 올라갑니다. 높은 이상도 제법 현실의 옷을 갖춰 입었습니다. 100점은 필요 없고 자존감 지킬 수준은 되어야 하지 않겠냐며 시험 전날에는 책상 앞에서 아이를 붙들고 있었습니다. 아니, 아이와 함께 책상 앞에 붙들려 있었지요. 공부 좀 시켜 보겠다고 앉아 있자면 여전히 불행한 결말, "이러려면 공부하지 마. 네 공부지 엄마 공부야?" 결국 눈물의 파국이었습니다.

시간이 지날수록 불행을 재생산하는 쳇바퀴는 그만 돌려야지 싶었습니다. 4학년, 5학년 엄마가 되면서 결단과 함께 회심했습니다.

꽃다운친구들, 일 년의 방학을 보내면서
생각지 못했던 많은 것이 변했습니다.
그 변화의 신호탄은 아이의 표정이었지요.
받아쓰기를 만나기 전 채윤이의 다채로운 표정들이
하나둘 돌아왔습니다. 아이 마음에 가득 찼던 불행감이
서서히 걷히고 있음이 느껴졌답니다.

사교육 학원은 애초에 보내지도 않았지만 엄마 학원도 과감하게 끊어 버렸지요. 이 바닥에선 '공부를 놓았다.'라고 표현합니다. 엄마 학원을 끊어 버리자 불행한 밤은 없어졌습니다. 다만 큰 아쉬움이, 때로 압도적인 불안이 엄마 마음에 스칠 뿐이었지요. '아무리 그래도 수학은 좀 해야 하지 않을까, 이러다 성적에 발목 잡혀 제 꿈을 펼쳐 보지도 못하면 어쩌지.' 하는 생각도 잠깐 들었습니다.

학교에 다니는 이상 어쩔 수 없이 아이는 성적으로 세운 줄 어딘가에 서야 합니다. 성적은 중요하지 않다고 토닥여도 채윤이의 처진 어깨는 쉽게 펴지지 않았습니다. 그렇게 제 코가 석 자이면서 가끔 친구들의 불행을 걱정했습니다. 시험 성적이나 실기 등수 때문에 집에 들어가기가 무섭다거나 죽고 싶다는 친구 얘기를 했지요. 공부를 잘하든 못하든 아이들은 불행합니다. 부모가 성적으로 닦달하면 중압감이 더 크겠지만, "공부 못 해도 돼."라고 진심으로 격려해도 크게 위안이 되지 않습니다.

꽃다운 친구들, 일 년의 방학을 보내면서 생각지 못했던 많은 것이 변했습니다. 그 변화의 신호탄은 아이의 표정이었습니다. 받아쓰기를 만나기 전 채윤이의 다채로운 표정들이 하나둘 되살아났습니다. 아이 마음에 가득 찼던 불행감이 서서히 밀려났습니다. 굳이 행복하냐고 물어볼 필요가 없었답니다. 아리스토텔레스는 그 자체로 좋은 것이 '행복'이라고 했지요. 다른 목적을 가지지 않고 그 자체로 이미 충족한 것이 최고의 선(善)이며 행복이고 그것을 발견하기 위해서 꼭 필요한 것이 여유라고 하였습니다.

여유라는 말의 헬라어 'schole'는 학교의 어원이기도 합니다. 행복과 여유와 학교가 같은 맥락으로 꿰어지니 참, 헛웃음이 나옵니다. 행복과 여유와 학교가 통하는 곳은 덴마크지 대한민국이 아니었습니다. 학교를 벗어나 여유를 가지고 멍 때림을 누리다 보니 채윤이 얼굴에 행복이 감돌았습니다.

여유와 학교의 어원이 같다고요? 여유를 가지고 토론하며 사유의 폭을 넓혀 나가는 것이 학교 본연의 모습일 겁니다. 여유를 가지고 자신의 안부를 물을 때 비로소 행복이 시작됩니다. 그런 의미로 아무 것도 하지 않고 소위 멍 때리는 1년은 행복 학교였습니다. 인생이라는 행복 학교의 긴 입학식이었지요.

우리도 행복할 수 있습니다. 불행한 학교의 구조를 바꾸는 노력과 더불어 때로 과감히 그곳을 벗어나는 선택을 할 수도 있으니까요. 그리고 우리가 해 봤더니, 해 봐서 아는데 참 좋았습니다. 꽃친 일 년을 마친 지금 『우리도 행복할 수 있을까』라고 묻는 책에 대고 속닥속닥 답해 봅니다.

"우리도 행복할 수 있을껴."

가장 어려운 숙제,
나다움 찾기

일 년의 방학이라는 믿기 어려운 날을 살던 아이들이 어느새 다음 기수 모집을 위한 설명회에 섰습니다.

"꽃친을 하며 힘든 것이 있나요?"

1초도 기다리지 않고 대답이 나왔습니다.

"네, 숙제요! 그것도 엄청 어려운 숙제요."

가끔 집에서 머리 쥐어뜯던 채윤이 모습이 떠올랐습니다. 스마트폰 카메라를 들고 집 안 구석구석을 돌아다니다 "도대체 뭘 찍어야 하는 거야. 내가 지금 뭐하는 건지, 누가 나 좀 도와줘!" 하고 털썩 바닥에 쓰러져 널브러졌습니다. 그즈음은 사진 수업을 하는 기간이었지요. 자신을 표현할 어떤 이미지를 찾는 모양인데 머리에 쥐가 날 만했습니다. 채윤이는 그런 숙제를 해 본 적이 없었지요. 꽃친에서 받아 오는 숙제들은 하나 같이 이런 식이었습니다.

주어진 영어 단어 몇 개를 조합해 문장 완성하기, 소금물의 농도

어느새 다음 기수 모집을 위한 설명회에 섰습니다.

"꽃친을 하며 힘든 것이 있나요?"

1초도 기다리지 않고 대답이 나왔습니다.

"네, 숙제가 있어요. 그것도 무지 어려운 숙제요."

나다움을 찾는 것만큼 어려운 숙제가 있을까요.

와 소금 양의 변화를 따져 증발한 물의 양을 구하기 등 학교에서 흔히 풀던 문제는 아무리 어려워도 정해진 답이 있었습니다. 답을 찾아낼 공식이 있고 해도 해도 안 풀리면 문제집 뒤쪽에 정답과 해설의 도움을 받으면 됐지요. 수학 문제가 어렵다 한들 공식도 정답도 없는 '자기 찾기'에 비할까요. 아이 앞에 던져진 개방형 숙제들은 엄마인 제가 봐도 쉬운 것이 아니었습니다. 찾아야 하는 대상으로서의 '나'는 누구이고, 그 '나'를 찾는 나는 또 누구일까? 세상에서 제일 어려운 숙제였습니다. 채윤이는 일 년 내내 끊임없이 이 질문 앞에 서야 했습니다.

일 년 동안 늘어지게 자고, 친구들 중간고사 기간에 꽃놀이를 가는 짜릿함을 누리는 대신 치러야 할 대가입니다. 대가치곤 너무 비싸다고요? 부모들이 정말 아무 이득 없는 선택을 했을까요?

봄꽃이 한창 피고 지는 어느 날 꽃친 가족 모임이 열렸습니다. 사진 전시를 비롯해 그간의 활동을 보여 주겠다는 아이들의 초대였지요. 머리 뜯으며 했던 숙제들의 어설픔을 아는지라 논평 없는 격려만 하겠다고 큰 기대 없이 참석했습니다. 한편 우리 아이 작품만 그렇게 어설프면 어떡하나 하는 염려도 있었답니다. 나름대로 작가별로 전시된 사진과 앞에서 열심히 작품 설명을 하는 아이들이 제법 그럴싸했습니다.

두근거리는 가슴을 애써 진정시키며 채윤 작가의 작품 앞에 섰습니다. 방 창문의 커튼 봉에 걸린 작은 종에 초점을 맞춘 듯한 사진이었습니다. 작품 제목은 〈관종〉. 그 종을 달아 준 아빠의 이름에도 '종'이 들어가기에 '종'은 이중적인 의미가 있다고 했습니다. '꽃친을 하고 보인 것'이란 주제로 찍은 사진인데 오래도록 달려 있던 그 종을 달아 준 아빠의 마음이 비로소 느껴졌기 때문이랍니다. 또 관종은 '관심 종자'의 줄임말인데 관심받고 싶은 자기를 투영한 말이었습니다. 자신을 비하하며 동시에 희화하는 메타포였지요. 허접하다 느껴진 사진 한 장의 의미가 이중적으로 다가왔습니다.

아이들은 각자 작품 앞에서 부끄러워하며 배배 꼬면서도 관람자들의 질문에 답했습니다. 뻔하지만 뻔하지 않은 작품에 뭉클했습니다. 아이들도 나름대로 고유한 생각이 있습니다. 사진의 구도며 미적 감각의 허술함은 문제가 아니었습니다.

전시를 마치고 덕밍아웃 프레젠테이션 시간이 이어졌습니다. 듣도 보도 못한 덕밍아웃이 무엇인지 먼저 설명을 들어야 했지요. 말하자면 그동안 남몰래 하던 덕질을 공개하는 것이었습니다. '오타쿠'라는 일어에서 온 '덕후'라는 말이 있습니다. 한 가지에 과도하게 열광하는 사람을 덕후라고 하는데 그것을 하는 행위는 덕질이라고 부릅니다. 이렇게 청소년의 엄마 노릇을 하는 것도 공부가 필요합니다. 이 또한 아이들에게 쉬운 숙제는 아니었던 듯 발표하는 아이들이 입을 모아 고백합니다. "내가 무슨 덕질을 했다고! 별로 빠져 본 것이 없는데. 아, 어떡하지." 하며 시작했다고 합니다. 그런데 생각해 보니 나름대로 있었다고 합니다.

한 아이는 "꼭 성덕만 덕후냐!"라며 발표를 시작했습니다. 성덕은 또 뭘까요? '성공한 덕후'입니다. '입덕'은 덕질을 시작한 것이고, '탈덕'도 있다고 합니다. 엄마 아빠는 입을 벌리고 신조어 습득에 빠집니다. 가갸거겨 처음 글자를 배우는 모양새로 마냥 신기해하는 엄마 아빠 표정에 발표하는 아이들은 으쓱으쓱 에너지가 고조되니 분위기가 함께 무르익었습니다.

채윤이는 엄마와 아빠가 꽤 놀랄 것이라며 클래식 음악을 전공하는 동안 몰래 들으며 숨통을 텄던 팝 음악 덕밍아웃을 했습니다. 자신이 좋아하는 음악, 팝 아티스트를 줄줄 쏟아 내며 "이 사람에 대해 얼마든지 얘기할 수 있지만 그만하겠습니다."라며 너스레를 떨었지요. 아이 말대로 정말 놀랐습니다. 불과 다섯 달 전, 방학식이라고도 불렸던 꽃다운친구들의 첫 가족 모임에서 보았던 채윤이 모습이 아니었기 때문입니다.

가족 소개 시간을 준비하던 며칠 동안의 속 터짐을 잊을 수 없답니다. 이딴 발표를 꼭 해야 하느냐, 부터 시작해서 엄마 아빠가 다 해라, 어떻게 해도 좋으니 튀지는 말자고 채윤이는 난리를 쳤습니다. 긴장한 탓에 준비한 내용을 기어드는 소리로 읊어 대 차마 볼 수가 없었지요. 불과 5개월 전의 일이었습니다.

그런데 덕밍아웃하는 채윤이는 그때 그 채윤이가 아니었습니다. 도대체 꽃친으로 지내 온 몇 달 동안 뭘 먹은 건지 궁금할 정도로 아이의 표정에 당당함과 여유가 묻어났습니다. 언제 적에 봤던 우리 딸의 표정이던지요. 한참을 잊었지만 언젠가 일상적이던 채윤이 얼굴이었습니다. 다시 찾을 수 없을 것 같아 절망스러웠던 채윤이다운 표정이었답니다.

채윤이는 일 년 내내 다양한 '숙제'를 맞닥뜨렸습니다. 누구도 내주지 않았던 어려운 숙제를 끌어안고 오는 일도 있었고요. '누구는 친해지고, 누구는 단짝이 있는데 나만 외톨이가 되는 건 아닐까?' 채윤이는 초등학교 때 겪었던 친구들과 어려움으로 관계에 대한 두려움이 많았습니다. 특정 경험이 아니라 해도, 10여 명의 친구들과 일 년을 뒹굴면서 관계의 부대낌을 피할 수는 없었을 것입니다. 채윤이는 일 년 내내 남모르는 셀프 숙제를 잔뜩 들고 다녔습니다.

관계에 대해 강의도 하고 글도 쓰는 엄마지만 큰 도움을 줄 수는 없었지요. 두려움을 안고 친구 관계 안으로 들어가고, 참아 내고 때로 제어되지 않는 감정을 표출시켜야 합니다. 감정 분출 후에 오는 후회와 뒷감당 역시 피할 수 없습니다. 오롯이 아이의 몫이어야만 합니다. 아직 피우지 않은 '채윤이다움'이라는 꽃은 이런 계절을 지나서 피는 것을 알기에 안타까움으로 지켜볼 뿐이었습니다.

한 번 두 번 때때로 찾아오는 마음의 폭풍을 헤쳐 나오면서 조금 힘이 생긴 채윤이가 어느 날 말했습니다.

"엄마, 내가 이렇게 친구 문제를 정면으로 고민한 적이 없었던 것 같아. 학교 다닐 때는 조금 안 맞는 아이가 있으면 무시하고 다른 친구랑 다니면 됐어. 어차피 금방 실기 시험이 있으니까 서로 신경 쓸

새도 없었어. 지금은 내가 시간도 많고 계속 친구들을 봐야 하니까 이 문제를 피해갈 수가 없어."

꽃다운친구들 일 년이 정말 고마운 이유는 채윤이가 두려워하는 갈등 속에 오롯이 머무를 수 있었다는 것입니다. 나는 누구인가? 나는 무엇을 좋아하고, 무엇에 행복한가? 내가 가장 견디지 못하는 것은 무엇인가? 나다움을 찾는 질문을 던지는 것은 모호함의 안개 속에 서는 일입니다. 아이들이 어려운 숙제라고 말했던 것은 바로 그 지점의 막막함과 모호함일 겁니다.

학교생활을 지속하며 그런 머무름이 가능했을까요? 이런 의미 있는 시간 낭비를 할 수 있었을까요? 공부라는 벼슬이 모든 것을 지배하고 어떤 질문과 고민도 나중에 대학 가서 하라고 유보시키는 공교육의 틀 안에서는 힘들었겠지요. 공부하라고 다그치는 선생님이 아니라 너 자신이 되라고 어깨 토닥이며 간간이 어려운 숙제를 내는 꽃친 선생님들이 고맙습니다. 자기를 찾아서 보이지 않는 길을 가는 아이들 곁을 안전 요원처럼 지켜 주셨지요.

일 년의 쉼과 꽃다운친구들이란 안전한 울타리 안에서 채윤이는 어려운 질문 앞에, 출구 없는 두려움 앞에 오롯이 머무르는 법을 배웠습니다. 청소년기를 지나 청년이 되고 기나긴 인생길을 걷는 동안 늘 자기다움을 찾는 목소리가 마음 어딘가에서 울리겠지요. 그때마다 낯선 자기를 만날 용기를 내야 합니다. 그 소리에 귀 기울일 여유, 피하지 않고 들을 수 있는 용기가 가능함을 확인한 일 년이었습니다.

덕밍아웃을 통해 고백했듯 팝과 재즈는 채윤이의 깊은 곳을 건드리는 음악이었고 더 잘 맞는 음악이었습니다. 그리하여 클래식 피아노에서 재즈로 전공을 바꾸고 보니 '이것이 너다운 음악이구나!' 싶었답니다. 이렇듯 눈에 보이는 '나다움' 하나 발견한 것, 소중한 일입니다. '덕업 일치'(덕질이 직업이 되는)의 행운을 누리게 되었으면 싶고요. 꽃다운 친구들이 준 가장 소중한 선물은 '나다움'이라는 어려운 숙제 앞에 피하지 않고 머무르는 용기입니다.

사춘기 끝을 잡고

"난 집에 있으면 안 돼?"

드디어 채윤이 입에서 이 말이 나왔습니다. 출근하는 엄마에게 매달려 "엄마, 가지 마. 엄마, 나도 데리고 가."라고 했던 아이입니다. 아파트 1층에 닿도록 쩌렁쩌렁한 울음이 아직 귀에 쟁쟁한데 말이지요. 엄마 치마 끝에 매달려 어떻게든 어디든 따라다니려는 아이, 기를 쓰고 그 아이를 떼어 내려는 엄마, 그때는 왜 그랬을까요? 나는 나대로 시간을 보내겠다는 말, 이 말은 아이에서 어른으로 가는 사춘기 열차가 드디어 도착했다는 기적 소리였습니다.

"사춘기는 뇌가 뒤집어 지는 시기라 생각하시면 돼요. 뇌가 뒤집어졌는데 무슨 정상적인 말과 행동이 나오겠어요? 아이의 인격 자체가 완전히 탈바꿈해 전혀 다른 아이가 되었다 해도 놀랄 일이 아니겠지요. 뇌가 뒤집어졌으니까요."

사실 저는 뭣도 모르고 그럴듯한 조언을 남발하곤 했습니다. 부모 상담을 하며 나름 확신하고 떠들었지만 정작 제 아이의 뇌가 뒤집어졌을 때의 무게는 말처럼 가벼울 수 없었습니다.

채윤이는 예술 중학교라는 청소년용 설국열차에 올라탄 탓에 맘껏 사춘기를 겪어 보지도 못했습니다. 반항하고 엇나가며 삐딱해질 여력이 없었지요. 설국열차의 속도가 워낙 빠르고, 멈춰서는 정류장도 없으니 좌충우돌 삐딱선으로 갈아탈 여유가 없었습니다. 반항 한번 할라 치면 실기 시험이 다가오고, 연주회가 닥쳤지요. 대신 그 에너지는 자기 안으로 파고들어 우울감이 되어 흘러나왔습니다. 같이 대화를 나누지만 채윤이는 제가 닿을 수 없는 먼 곳에 있는 것 같았습니다.

언젠가 제 몸 안에 있었고, 그렇게도 물고 빨던 아이 맞나 싶을 정도로 엄마 아빠의 스킨십에 과민 반응을 보이며 멀리 달아났지요. 가속도가 붙어 자라는 제 몸이 스스로도 낯설고 당황스러울 것이 머리로는 이해되지만 막상 밀려오는 상실감은 무뚝뚝한 채윤이 얼굴만큼이나 낯설었습니다.

왜 너만 빠지려고 하느냐, 아무리 바쁘고 예민한 시기라도 최소한의 예의는 지켜야지, 이 집에 너만 사는 것도 아닌데 네 기분만 생각하면 되겠느냐고 통제하려 들면 으레 분노의 파국이었습니다. "예전엔 이러지 않았잖아!" 당혹감과 상실감으로 하는 말조차도 아이에게는 간섭과 통제입니다. 뇌가 뒤집어진다는 뜻은 통제 불가의 존재이고 부모 손에 들어오지 않는다는 것입니다. 부모의 몸에서 한 발

뒤로 물러난 아이의 몸이 전하는 메시지는 '나를 통제하지 마세요. 나는 이제 아이가 아니에요.'라는 뜻이였습니다.

어느 날 채윤이가 눈과 어깨에 가득 힘을 주고 말했습니다.

"엄마 마음대로 나를 결정하려고 하지 마. 나와 동생을 똑같이 취급하지 마. 나는 예전처럼 엄마가 화낸다고 무서워하지 않는다고."

아이가 아니라 어른이 하는 말 같아서, 더는 내 아이가 아닌 어떤 한 사람인 것 같아서 현기증이 났습니다. 흔히 하는 농담처럼 '내비도(道)'의 미덕만이 필요한 때구나 싶었죠. 사춘기 아이의 부모됨이 무엇이어야 하는지 아주 조금 알 것 같았습니다. 내버려 두기 위해서는 내버려 두지 않는 것보다 수백 배의 노력과 에너지가 듭니다. 머리에 있는 지식이 가슴으로 내려오고, 행동이 되기까지는 나를 말소시키는 고통이었습니다.

어떻게 이해하고 소통할지보다는 하루아침에 소통 방식이 달라진 아이를 어떻게 견딜지가 제게는 더 큰 문제였습니다. 예의 없는 아이의 말과 행동을 참는 것에 그칠지 고민했지요. 하지만 그보다 더 좋은 길이 있다는 것을 알게 되었습니다. 바로 아이와 함께 성장하는 것입니다.

채윤이와 함께 먹는 '엄마 나이'는 사춘기 열여섯입니다. 어른다운 엄마가 되기 위해서 한참 자라야 하는 시절이지요. 아이의 사춘기와 부모의 중년기가 생애 발달상 겹치는 것은 참으로 순리에 맞는 일입니다. 인생의 새로운 국면으로 들어서는 전향이 당혹스러워 중년의 위기라고까지 불리는 생의 시간표가 제 앞에 왔습니다. 채윤이는 그 어느 때보다 제 마음대로 되지 않았습니다. 무력하지만 할 수 있는 것은 채윤이와 함께 자라가는 것입니다. 내 힘은 더 많이 내려놓고 아이 안에 있는 힘을 믿어야 합니다. 중년을 맞은 제게 중요한 도전이 되었습니다.

'엄마가 화내는 것이 더는 무섭지 않아. 나를 어른으로 대해 줘.'는 일종의 자유 선언입니다. 엄마의 아기로 존재하지 않겠다는 자유 선언이며 동시에 엄마도 육아라는 미명 아래 통제하는 삶에 매이지 말라는 선언으로도 들립니다. 어차피 안 되는 일을 붙들고 힘쓰지 말라는 뜻이기도 하지요. 어쩔 수 없이 선택한 풀어 줌이며 내려놓음이지만 마음 한구석에는 찬바람이 불었습니다.

꽃다운친구들의 첫 모임에 나온 아이들 얼굴에 사춘기 기운이 우리 아이 못지않았습니다. 특유의 긴장과 시니컬함, 허세가 보였지요. 채윤이의 표정은 꽃친을 하면서 금세 밝아지기 시작했습니다. 가끔 보는 꽃치녀들의 얼굴에서도 하루가 다르게 사춘기 기운이 흐릿해져 갔지요. 질풍노도의 시기가 끝날 때가 된 것입니다. 그 어느 때도 아닌 사춘기의 끝에 꽃다운친구들을 만나게 되어 다행이었습니다.

사춘기는 어른의 자유를 향한 몸부림입니다. 몸은 어른인데 몸의 성장을 따르지 못하는 정신으로 분열을 앓는 시기이지요. 가장 자유를 갈구하는 시기의 아이들이 대학을 위한 입시 학원으로서의 학교 생활에 유배되어 있습니다. 그래서 마음껏 자유를 갈구할 수도 없지

 우울한 나날을 보내던 중학교 3학년 가을,
꽃다운친구들 첫 설명회에 다녀온 아이의
카카오톡 상태 메시지가 바뀌었습니다.
'컴백 홈' 이건 무슨 의미일까요.
당시 좋아하던 노래 제목이지만 중의적 의미로 다가왔습니다.
사춘기 끝을 알리는 사인이었지요.

요. 우리 사회의 미성숙한 정신성의 원인 중 하나는 심리적·신체적 발달과 전혀 박자를 못 맞추는 교육 시스템입니다.

자유 본능을 분출하는 아이들이 가장 억압된 구조에 갇혀 있습니다. 방황하고 실패하며 어른이 되는 과도기를 경험해야 할 시기에 대학을 목표로 하는 학교에 억눌려 있지요. 시쳇말로 인생에서 '지랄 총량의 법칙'이 있다고 하는데, 집중적으로 에너지를 발산할 시기를 대학 입학행 설국열차에 갇혀 이러지도 저러지도 못하며 보냅니다. 우리 사회에 건강한 어른이 적은 것은 사춘기를 제대로 보낸 사람이 적은 탓이 아닐까 추측합니다.

채윤이는 사춘기의 끝을 잡고 꽃친을 선택해 1년의 방학을 누렸습니다. 얼마나 숨통 트이는 일이었던지요. 통계를 바탕으로 한 연구 결과가 아니라도 꽃치녀의 내일은 이미 좋을 것 같지 않나요? 비록 그 현실은 아이에게는 늦잠을 자고 온종일 드라마를 정주행하는 시간 탕진의 1년이었지만, 엄마의 꽃친 1년은 더욱 힘을 내려놓는 시간이었습니다. 낮 12시에 일어나든, 2박 3일 드라마만 보고 있든 잔소리할 명분이 없었지요. 그러려고 시작한 1년의 방학이었으니까요.

사춘기의 끝은 중요합니다. 어른이 되는 것과 닿아 있기 때문이지요. 어른은 스스로 선택하고 책임지는 사람입니다. 이젠 어른으로 살아야 하는 기나긴 인생 주행에, 잠시 멈추는 기회를 갖는 것은 아무리 생각해도 잘한 일입니다. 덴마크의 인생학교가 고맙고 아일랜드의 전환학기제가 고맙고, 길이 없는 곳에서 길을 낸 사람들과 그들이 만든 꽃친이 고맙습니다.

이래저래 좌절이 깊어 우울한 나날을 보내던 중학교 3학년 가을, 꽃다운친구들 첫 설명회에 다녀온 채윤이의 카카오톡 상태 메시지가 바뀌었습니다. '컴백 홈', 이건 무슨 의미였을까요? 당시 꽂혔던 노래 제목이지만 중의적 의미로 다가왔습니다. 사춘기 끝을 알리는 사인이었습니다. 설명회에 참석해서 어떤 희망을 발견한 것은 아닐까 싶었지요.

다음 해 채윤이는 정말 집으로 돌아왔습니다. 딸과 뽀뽀하고 폭 안아 주고 다정하게 수다 떠는 것은 끝났나 싶어 쓸쓸했던 마음은 싹 잊혔습니다. 어느새 나보다 더 커진 아이는 달려와 제 품에 나를 꼭 안아 줍니다. "난 집에 있으면 안 돼?" 했던 채윤이가 일 년 내내 집에 있는 집순이가 되더니 과연 집으로 돌아왔고, 다시 다정한 딸로 돌아왔습니다. 안기던 아기에서 안아 주는 아이로, 조금씩 자기 선택에 책임지는 과도기 어른으로 돌아왔지요. 설국열차 탑승으로 삐딱선 한 번 제대로 못 타 본 채윤이. 그 아이가 일 년의 시간을 탕진하더니 가족이 있는 집으로 돌아왔습니다.

진로,
아직도 나아가야 할 길

제가 중학교 1학년 겨울 방학을 앞둔 날이었습니다. 유년의 강을 따라 순항하다 어른의 바다로 진입하는 사춘기 초입에 갑작스러운 사고로 아버지가 돌아가셨습니다. 예고 없이 들이닥친 풍랑으로 든든한 배, 아버지호는 난파되었고 제대로 항해도 시작하지 못한 제 인생은 항로를 잃은 것 같았지요. 장례식을 마치고 가족회의가 열렸습니다. 친가와 외가 식구들이 한자리에 모인 자리에서 가장 중요한 안건은 저와 남동생의 교육 문제였습니다. 많은 이야기가 오갔지만 기억나는 것은 오직 하나입니다.

"장래 희망이 뭐니?"라고 어느 어른이 물었습니다. "성악가요." 상과 칭찬이 가장 많았던 분야였기에 늘 하던대로 기계적인 답이 나왔습니다. 그리고 보통의 어른 입장에서 낼 수 있는 기계적인 답이 다시 돌아왔지요. "안 돼, 성악가는 안 돼. 음악을 하려면 돈이 많이 드는데 아버지도 돌아가셨고, 너는 공부를 열심히 해라." 일말의 반감도 없이 받아들였습니다. 그리 절실한 꿈도 아니라고 생각했던 탓일까요. '아버지가 안 계시니 이젠 네 꿈을 꾸지 마.'라는 말로 알아들었던 것일까요.

저는 그때의 제 나이보다 더 큰 아이들을 둔 엄마입니다. '진로'라는 말로 우리 아이들의 내일을 그려 보면 이 기억이 먼저 떠오르곤 합니다. '성악가는 안 돼.' 왜 안 되는지에 대한 설명은 없었습니다. 어릴 적부터 가장 좋아하고 잘할 수 있다고 생각했던 음악에 관한 꿈은 아버지호가 난파하며 망망대해로 흩어져 버렸지요. 그리고 건져 올린 나침반이 가리키는 유일한 방향은 '네가 꾸던 꿈은 이제 안 돼.'였습니다.

대한민국 중고생의 꿈이 현실의 옷을 입으면 진로가 되고 대학 입시가 됩니다. 정확하게 말하면 저는 상상 속에서 어떤 꿈이라도 꿀 수 있지만 무엇이 되는 것과 연결시킬 수는 없었습니다. 아버지로 대변되는 사회 경제적 자원이 없기 때문에 공부를 열심히 하라는 어른들의 말을 꿀꺽 내면화하였습니다.

홀로 남매를 키우는 엄마가 저에게 바라는 꿈은 교대에 가서 초등학교 교사가 되는 것이었지요. 두 번 묻지도 않고 그 바람을 또 꿀꺽 내면화했습니다. 중고등학교 때 영어가 그렇게 재미있고 좋았습니다. 교과서를 달달 외우고 더 공부할 것이 없을 정도로 예습도 복습도 열심히 했습니다. 교대라는 숙명이 없다면 영어를 전공하고 싶었지요. 그러나 졸업 이후 바로 직업과 연결되는 전공이 아니기에,

포기할 수 밖에 없었습니다. 지금 생각하면 모두 경제적인 이유이지요. 성악 공부가 안 되는 이유, 영문과가 안 되는 이유, 교대를 가야하는 이유가 모두 돈과 관련되었습니다. 확실한 직업이 보장되는 공부를 선택해야 하고, 그 이유는 돈을 벌어야 하기 때문이었습니다.

"왜 공부해? 왜 공부를 잘해야 돼?"

아이에게 어른이 묻든, 또는 반항하듯 아이가 부모에게 묻든 흔한 질문에 대한 답의 프로세스는 이렇습니다. 좋은 대학 가려고. 왜좋은 대학에 가야 하는데? 좋은 직장 다니려고. 좋은 직장에 가야 하는 이유는 뭔데? 그래야 좋은 사람과 결혼해서 행복하게 살지. 먹고사는 데 문제없는, 아니 더 나아가 세상의 좋은 것을 더 많이 누리고사는 인생은 누구나 바라는 바입니다. 그에 대한 결핍을 가지고 살아온 부모라면 공부 잘해서 번듯한 직장을 가진 사람으로 키우는 일에더 정성을 쏟을 것입니다.

또 저처럼 일찍이 부모의 뜻을 받들어 안정적인 직장을 위해서공부하는 것이 나쁜 일도 아닙니다. 다만 인생이 콩 심은 데 콩 나고팥 심은 데 팥 나는 방식으로 흘러가지 않아서 문제이지요. 힘들게공부해서 안정적인 직장에 갔다면 월급 따박따박 나오는 것에 만족하고 행복할 수 있으면 좋을 텐데, 사람 마음이 정해진 각본을 따라가지 않습니다. 그보다 어떤 대학이나 직장을 목표 삼아 공부한다 한들 합격만 있겠냐는 것이지요.

공부하기 싫을 때면 엄마를 생각했습니다. 교대에 입학해 엄마의 노고를 한 방에 위로하는 날을 그리곤 했지요. 다행인지 불행인지 불합격 통지가 유일한 진로를 딱 가로막아 버렸습니다. 잠시 인생이 끝난 것 같은 상실감에 빠졌으나 차선의 선택으로 진학하고 취업했습니다. 어디에도 마음 두지 못하고 전공과 관련 없는 책만 읽으며 붕뜬 대학 4년을 보냈다는 건 엄마에게 비밀입니다.

돌이켜 보면 교대 못 갔어도 엄마는 멀쩡히 잘 사셨습니다. 그러고 보면 상상의 세계에 남겨 둔 꿈들이 허망하지요. 한길 진로만 바라보느라 꿈과 현실을 연결시킬 전공 선택에 대한 고민은 한 번도 하지 않았으니까요. 아버지의 이른 죽음 때문이든, 장례식 후의 가족회의 기억이든, 거부할 수 없는 엄마의 강렬한 바람이든, 그럼에도 주장하지 못했던 나 자신의 문제든, 선택의 결과는 근근이 살아가는 20대의 삶이었습니다. 정말 하고 싶은 일은 저기 어딘가에 있고, 현재는 그저 살아야 하니까 사는 삶이었습니다. 저는 뭔가 부족한 존재지만 이번 생은 이미 어쩔 수 없다는 심정이었습니다. 요즘 말로 '이생망'이라던가요.

저의 경험이 엄마 됨을 규정했을 것입니다. 아이들은 자연스럽게 부모의 기대를 내면화해서 자기 이상으로 삼는다는 것을 뼈저리게 경험으로 배웠기에 규정하지 않으려 애썼습니다. "엄마는 내가 뭐가 됐으면 좋겠어?"라고 채윤이가 물을 때, 마음속에는 바라는 '무엇'이 있었지만 일부러 일관되게 말했습니다.

"네가 되고 싶은 거. 네가 좋아하고, 잘할 수 있고, 혹시 그것이

다른 사람들에게 도움이 된다면 무엇이든 좋아!"

이 막연한 말이 아이들에게 어떻게 전해졌을지는 잘 모르겠습니다. 많은 엄마가 그러하듯 열린 세상을 경험하게 해 주고 싶었습니다. 그저 아무 목적 없이 현재를 충분히 즐기는 기회와 시간이 많아야 한다고 생각했지요. 이런 걸 두고 '놀이'라 합니다. 공부를 잘하는 것보다 공부할 이유를 찾는 것이 먼저이기에 어쩔 수 없이 놀리는 수밖에 없었습니다. 공부의 이유는 언제 찾아질까요.

친구들이 한글 떼고, 덧셈 뺄셈 떼고, 영어 파닉스를 배울 때 여전히 놀고 또 놀던 채윤이는 요즘 보기 드문 까막눈을 하고 초등학교에 들어갔습니다. 잘해서 칭찬받고 싶은 욕심도 없지 않았으니 갈등도 있었겠지만 당당함은 잃지 않았지요. 혼자 한글을 터득하고 입학한 작은아이도 크게 다르지 않았습니다. 공부, 시험 때문에 스트레스는 받을지언정 여전히 공부할 이유를 찾지는 못했지요. 엄마로서 조바심도 나고 가끔은 속에서 천불도 나지만 쪼인다고 쪼여질 아이들도 아니었기에 헐렁하게 두고 기다렸습니다. 일찍 음악을 선택한 채윤이는 물론이고 작은아이도 좋아하는 분야를 뚜렷하게 드러냈습니다.

동전을 넣고 버튼을 딱 누르면 내가 원하는 것이 나오는 일은 자판기에서나 기대할 일입니다. 특히 아이 기르는 일에 뭘 집어넣어 내가 원하는 결과를 얻겠다는 건 순진한 바람입니다. 제가 학업에 관해 무엇을 강요하지 않았기 때문에 아이들이 좋아하는 것을 빨리 찾았다고 생각하진 않습니다. 그러나 적어도 이유와 목적을 찾지 못한 공부를 위해 시간을 낭비하지는 않았다고 말할 수 있습니다. 그렇게 해서 얻게 된 많은 시간을 놀고, 음악 듣고, 영화 보고, 빈둥거리면서 보내다 얻어걸린 것이 아이의 취미가 되고 특기가 되었습니다. 즉 여백 덕분입니다.

아이가 빈둥거리도록 내버려 두는 부모를 우리 사회에서 얼마나 어리석게 여기는지 압니다. 한글을 가르치고, 영어를 가르치고 수학 선행 학습을 시키는 시대가 요구하는 엄마의 직무를 유기한 죄를 알고 있답니다. "학원을 안 보내세요? 용감하시네요."라는 말 뒤에 숨은 수많은 메시지에서 자유롭지도 못합니다. 부모가 주입한 이유와 목적을 붙들고 공부해야 결국 근근이 살아가는 것밖에 되지 않더라는 경험에서 나온 나름의 엄마 철학입니다. 기계처럼 착착 돌아가고 여유 없는 삶에서 자기다움을 꽃피우는 진로를 발견할 수는 없을 테니까요.

전공 선택에 실패해 '내 인생은 뭔가 잘못됐지만 어쩔 수 없지.' 하고 살았던 저의 20대가 있었습니다. 다행히 인생은 계속 되었습니다. 그럭저럭 직장 생활에 적응했고 완전히 만족스럽지는 않았지만 대체로 제게 잘 맞는 일이었습니다. 어떤 계기로 직장을 그만두고 이런저런 선택의 문이 막히면서 과외를 시작했습니다. 조금 분열적인 시간이었지요. 사교육에 찌든 아이들을 누구보다 안타까워하면서 동시에 사교육으로 밥벌이를 하다니요.

더욱 막막한 20대 후반을 지내다 어느 대학에 '음악 치료 대학원'이 개설된다는 소식을 우연히 들었습니다. 아련하게 선망했지만 일찍 포기한 꿈이 생각났습니다. '음악'이라니, 태생적으로 사람 마음에 관심 많은 제게 '치료'라니, 음악과 치료의 조합으로 태어나서 그렇게 즐겁게 열심히 공부해 본 적이 없었던 것 같습니다. 원 없이 공부하고 당시로써는 생소한 직업, 음악 치료사가 되었지요. 그사이 결혼하고 아이를 낳은 후 풀타임 음악 치료사로 일하게 되었는데 그즈음의 기분을 잊지 못합니다.

"내가 가장 좋아하는 일을 하면서 돈을 벌 수 있다니, 이것이 가능하다니!"

구내식당에서 점심을 먹을 때마다 젓가락질하는 손이 살짝 떨리는 감동을 감추곤 했습니다.

치료사로 일하면서 마음과 치료에 관한 공부를 멈추지 않았고, 계기가 있어 여기저기 글을 쓰기 시작했습니다. 아버지 장례식과 가족회의를 마친 후부터 쓰기 시작한 손으로 마흔이 다 되도록 일기 쓰기를 멈추지 않았던 힘이었을까요. 마음과 관계에 관한 글을 쓰고 강의도 하면서 프리랜서 음악 치료사로 전환하게 되었습니다. 어쩌다 책을 쓰고, 이제는 작가라는 이름으로 살고 있습니다. 〈어쩌다 어른〉이란 강연 프로그램의 제목은 무릎을 탁 치게 만드는 표현입니다. 잠깐 성악가를 꿈꾸다 포기한 아이는 어쩌다 음악 치료사, 어쩌다 작가가 되었습니다. 어쩌다 이렇게 되었지만 한 발 한 발 더욱 나다운 일, 나다워서 행복한 길에 접어들었습니다.

자랑인 듯 부끄러운 고백인 듯, 저의 이야기를 늘어놓았습니다. 진로(進路)는 '나아가는 길'이고 대학 입시에서 끝나는 것이 아닙니다. 머리로 다 알고 있는데 부모가 되면 흔들리기 마련이지요.

진로 찾기는 직업과 혼재되어 대학 입시라는 깔때기로 모아집니다. 모두 달리니까 일단 나도 아이 손잡고 달려 봅니다. 아무리 생각해도 진로 찾기는 자기다움 찾기인데, 그렇게 다짜고짜 달리면서 '자기'를 찾는 경우는 없지요. 멈추고, 때로 실패하고, 스스로 묻고, 대답하는 심심한 여백이 있어야 합니다. 기승전'쉼'입니다. 나의 젊은 날을 돌이켜 보면 직장 생활을 하다 그만두고 과외 아르바이트를 하던 불안한 시절, 그때가 진정한 의미의 진로 찾기 교실이었습니다. 막막함을 견디며 저에 대해서 생각하고, 동시에 제 앞에 다가오는 인생의 순간을 하나하나 맞이하는 중에 길이 생겼지요. 길이 끝나는 곳에서 길을 찾은 것입니다.

클래식 피아노를 전공하던 채윤이는 꽃다운친구들을 시작하며 재즈 레슨을 받기 시작했습니다. 시작하자마자 클래식보다 더 잘 맞는 옷이라는 것을 알게 되었지요. 그리고 새롭게 나아갈 길로 결정하였습니다.

꽃다운친구들에 휴먼라이브러리라는 활동이 있습니다. 다양한 분야에서 활동하는 어른들을 찾아가 만나는 것이지요. 귀가 얇은 채윤이는 어른들을 만나고 올 때마다 팔랑거렸습니다. 잘생긴 물리학

아무리 생각해도 진로 찾기는 자기다움 찾기인데,
다짜고짜 뛰면서 '자기'를 찾는 경우는 없습니다.
멈추고, 때로 실패하고, 스스로 묻고, 대답하는
심심한 여백이 있어야 합니다.

자 선생님을 만나고는 다 필요 없고 잘생긴 남자 만나는 것이 꿈이라 하질 않나, 게임 회사를 방문하고 와서는 관심도 재능도 없어 보이는 IT 업무를 해야겠다는 등 좌회전 우회전 유턴, 한 달에 한 번씩 진로가 요동을 쳤습니다.

채윤이는 꽂친 마지막 여행으로 베트남과 홍콩에 다녀왔습니다. 홍콩 디즈니랜드에서 어릴 적에 보고 또 봤던 디즈니 영화 캐릭터들 만난 이야기를 연예인 만난 것처럼 흥분하며 전했지요. 영화 OST가 들릴 때는 소름이 돋고 눈물이 났다고 아무래도 디즈니 음악 감독을 해야겠다며 디즈니 애니메이션에 입덕했답니다. 침대 위에 디즈니 애니메이션 캐릭터 피규어가 하나씩 늘어나고, 〈토이 스토리〉 OST를 무한 반복으로 듣습니다. 뭐 하나 뚜렷하게 붙들고 쭉 가면 좋겠습니다. 꽂친 1년 동안 충분히 자기 발견도 했으니 말입니다.

하나를 분명히 정하는 일은 쉽지 않습니다. 제일 쉬운 길을 누군가 딱 정해 주면 좋겠으나 그럴 때는 또 생기를 잃고 시들시들 살아가지 않았던가요.

정신 분석 학자 김서영 교수는 오래 방황하고 오래 공부한 끝에 뒤늦게 빛을 발하는 학자이며 저술가입니다. 사람도 만나지 않고, 지극히 고립되고, 어떤 것도 즐기지 못했던 '기능형' 인간인 자신이 사람들을 만나고 사랑받고 사랑하며 삶을 즐길 수 있는 '욕망형' 인간이 되었고 고백합니다. 자기답게 살지 못하고 단지 기능만 하며 산 시간의 시작은 고등학교 때 문과 이과를 결정하는 시점이었다고 합니다. 천생 문과 적성인데 단지 성적이 좋다는 이유로 이과를 선택한 탓에 그저 기능을 하며 살다가 망가지고 고립된 시간을 보냈다고 합니다.

정해진 길 없는 지점에서 불안을 견디는 힘은 결국 자기를 찾는 가장 큰 힘이 됩니다. 진로를 찾는 아이들에게는 그런 힘이 필요합니다. 김서영 교수는 부모의, 학습 코칭 선생님의 선택으로 확실한 길을 정하는 것은 남의 장단에 춤추는 일이라고 말합니다. 내 장단과 맞지 않는 춤을 추는 것이 얼마나 불편할까요.

제 장단의 춤을 찾는 일은 기나길고 어수선하고 방향 없이 걷는 것처럼 보이지만, 진로는 스캇 펙의 책 제목처럼 늘 '아직도 가야 할 길'이지요. 아이에게도, 아이의 엄마에게도, 아이들의 선생님에게도 자기 몫을 삶을 살고 싶은 누구에게라도 말입니다.

안전한 어른에 둘러싸여
우정을 배우다

일 년의 방학이 반쯤 지나서 채윤이에게 영화 데이트를 청했습니다. 신촌의 작은 영화관에 〈우리들〉이란 영화를 보러 갔습니다. 채윤이에게 영화에 대해 설명하지 않았습니다. 대략 초등학교 여자아이들의 친구 사이에 있는 이야기라고 설명했지요. 왕따가 중요한 소재인 것을 알았지만 아이에게는 재미있는 영화는 아닐 거고 이런 영화는 조금 불편할 수 있다고 일러뒀습니다. 사실 긴장이 됐습니다. 입 안 헌 곳에 알보칠을 바르기 전의 긴장 같은 것이지요. 팔짝팔짝 뛰도록 아프다는 걸 알지만 나으려면 어쩔 수 없다는 심정 같은 걸까요. 알보칠처럼 아플 수도 있는 영화를 굳이 보게 하면서 미리 '아플 거다, 어느 부위가 어떻게 아플 거야.'라고 할 필요는 없었습니다.

채윤이가 조금 울고, 왕따의 기억에서 자유롭지 못한 수도꼭지 엄마는 팅팅 부은 눈으로 영화관을 나서겠구나 싶었습니다. 본 뒤에 맛있는 것을 먹으면서 감상평을 나누며 치유적인 대화를 하려고 혼자 계획을 세웠지만 많이 틀어졌습니다. 일단 허무하게도 둘 다 눈물 한 방울 흘리지 않았고 말짱한 얼굴로 영화관을 나왔습니다. 그러나 말짱하다 하여 아무렇지 않은 것은 아니었지요.

"배고프다. 뭐 먹을까?"

가볍게 던지고 싶었는데 말이 잘 나오지 않았습니다. 영화 시작 전 맑았던 채윤이 얼굴에 먹구름 가득이었습니다. 영화 이야기는 고사하고 밥 먹자는 이야기도 제대로 하지 못하고 말없이 주차장까지 걸었습니다. 차에 타고 한참 지나 채윤이가 한마디 말했습니다.

"저런 영화 싫어. 영화가 너무 현실 같아. 나는 영화 같은 영화가 좋아."

영화 보는 내내 울었다는 평을 봤는데 울 수 있는 사람과 울지도 못하는 사람이 있는 것 같습니다. 울 수 있는 사람은 그나마 처지가 나은 것이 아닐까요. 한발 물러서서 볼 수 있다는 의미니까요. 고통 안에 휘말려 있는 사람은 아직 울 수 없나 봅니다. 채윤이가 초등학교 5학년 때 겪은 왕따 경험이 아직 현재 진행인가 싶었지요. 꽃친을 하며 표정도 밝아지고 구겨졌던 마음도 펴진 것 같았지만 시간이 필요한 일이 있습니다. 수십 년이 지난 왕따 경험을 아직도 있는 그대로 떠올리지 못하는 엄마가 있으니 말입니다. 아이가 가진 아픔을 과도하게 동일시하는 것은 엄마인 제 상처의 투사이기도 합니다.

자라 보고 놀란 가슴 솥뚜껑 보고 놀란다고 하듯 상처의 흔적은 두려움 과잉을 남깁니다. 어릴 적 채윤이를 떠올리며 시어머님이 늘

하시는 말씀이 있습니다.

"우리 채윤이는 어딜 데려가면 금세 친구를 사귀어. 목욕탕에 데려가도 놀이터에 가서도 자기가 먼저 다가가 말 걸고 아무데서나 친구를 만들어."

초등학교 5학년에 자라를 보고 놀란 아이는 솥뚜껑만 봐도 두려운 아이가 되었습니다. 새로운 친구 집단은 그 자체가 솥뚜껑이 되는 듯했지요. 채윤이는 누구보다 큰 기대와 열린 마음을 가지고 꽃친을 시작했습니다. 일찍부터 입시 마라톤을 시작해 뛰고 경쟁하던 학교 친구들과 다른 만남이 될 것이란 기대가 있었지요. 꽃친은 기대에 부응하는 곳이었습니다.

안전한 곳을 안전하게 느끼는 것은 또 다른 문제인 듯합니다. 친구 관계를 솥뚜껑으로 인식하는 아이는 사소한 걱정부터 시작했습니다. '슬슬 단짝이 생기는데 나만 혼자일 것 같아. 여자아이들이 홀수가 되니 버스 타고 어디 갈 때 같이 앉을 친구가 없어.' 아이에게는 사소하지 않은 고민이었습니다. 친구 관계에서 얻은 과거의 상처는 현재의 관계를 그대로 바라보지 못하게 합니다. 채윤이의 꽃친 일 년은 더 이상 솥뚜껑을 자라로 착각하지 않는 법을 배우는 시간, 솥뚜껑을 솥뚜껑으로 보는 눈을 닦는 시간이 될 수도 있다는 기대가 생겼습니다. 꽃친 다녀오는 날에는 신났던 일, 어려웠던 일을 쏟아 내는 데 관계에 대한 두려움 한 스푼은 필수였습니다.

두려움 한 스푼은 채윤이의 것만은 아닙니다. 왕따의 경험이 아니라도 인간 안에는 사랑받지 못함, 거절당함에 대한 두려움이 본능처럼 존재한다고 합니다. 어른들도 그렇지 않은가요. 셋이서 잘 지내다 나를 제외한 두 사람이 더 친밀하다고 느낄 때, 마음속 미세한 긴장이 생기는 것은 어쩔 수 없습니다. 좋아하는 친구가 나와 의견이 다르다는 것을 확인할 때도 살짝 씁쓸함이 스쳐 가지요.

우리 모두 영화 〈우리들〉의 주인공일지 모릅니다. 부부 사이에, 부모 자녀 사이에, 친구 사이에 더 친밀하고 싶지만 애정과 두려움을 표현하는 데 한참 미숙한 영화 속 아이들처럼 말입니다. 왕따당하는 것이 두려워 먼저 왕따 가해자가 되어 버리는 것처럼, 거절이 두려워 먼저 방어막을 치는 경우는 또 얼마나 많을까요.

꽃친이라는 안전한 공동체를 만나자 채윤이의 숨은 두려움은 더 많이 표출되었습니다. 사소한 일부터 중대한 일까지 대화하며 결정하니 주체적일 수밖에 없는 관계였습니다. '자기'가 드러나지 않을 수 없고 자기와 자기가 충돌하는 갈등은 자연스러운 일입니다. 사람이 모인 곳에서 갈등이 없다는 것이 이상하고, 정체성 혼란 시기의 청소년들이 모인 곳에서는 더더욱 그러합니다. 관계에 대한 두려움이 많은 채윤이에게는 내면의 전쟁터 같았을 것입니다. 꽃친에선 아무렇지 않은 척 하하호호 하고 와도 집에서는 우는 날도 있었지요. 학교 다닐 때처럼 대충 가면을 쓰고 하루하루 버티자니 도망칠 구석이 없었습니다. 시시때때로 다가오는 실기 시험과 향상 음악회, 중간고사, 기말고사가 부담은 되었지만 학교는 관계에 대한 두려움을 피해 숨기에는 딱 좋은 곳이었습니다.

꽃친이 끝나 가던 11월, 해외여행까지 다녀와서 그야말로 채윤이는 친구들과 산전수전 공중전을 다 겪었습니다.

"엄마, 꽃친 하면서 어쩌면 제일 좋았던 건 친구들과 힘든 걸 그냥 겪어야 했던 거였어. 학교 다닐 때는 애들하고 힘들어도 어차피 금방금방 시험이 다가오니까 그냥 대충 넘어갈 수 있었거든. 그런데 꽃친에선 그럴 수가 없었어. 갈 때마다 얼굴 마주 보고 이야기하고 함께 의논해야 하니까 어떻게 피할 수가 없잖아. 그래서 정말 힘들었지만 이렇게 지낼 수도 있다는 것을 배웠어. 이게 얼마나 나한테 새로운 생각인지 엄마는 잘 모를 거야. 문제를 다 해결해야 한다고 생각했거든. 특히 꽃친 같은 곳에서는 모든 친구가 다 잘 지내야 한다고 생각했어. 그냥 겪고 있을 수 있어도 된다는 게 신기해."

채윤이가 꽃친을 하기로 결정한 이후 남긴 어록 중 최고의 말입니다. 갈등 안에 그냥 있어도 된다는 것이지요. 힘겨운 갈등 속에 머무를 수 있는 힘은 어디서 오는 것일까요. 궁극적으로는 내면의 힘입니다. 인격과 정체성이 형성되는 청소년이 흔들리지 않는 내적인 힘을 가지는 것은 쉽지 않지요. 넘어져도 다치지 않고 부딪혀도 크게 상처 입지 않는, 안전장치가 마련된 공간을 찾는 것도 중요합니다.

꽃친의 선생님들이 바로 그 안전하고 인격적인 공간이었습니다. 꽃친으로 모인 아이들이라고 특별할까요? 그렇지 않습니다. 학교에 있을 법한 아이들 간의 갈등과 흔한 문제 해결 방식, 어쩌면 때로 폭력적인 상황이 있을 수밖에 없습니다. 선생님들이야말로 말도 많고 탈도 많은 인간관계에서 쿠션이었고, 덕분에 꽃친이 안전한 곳이었다는 것을 그 분들은 알고 계실까요?

많은 아이가 쓸데없는 데 신경 쓰지 말고 공부나 하라는 소리를 들었을 것입니다. 꽃치녀들 각자가 일 년 동안 끌어안고 있었던 고민들을 학교에서 풀어놓았다면 저런 소리를 들었겠지요. 1년의 안식년 결정이 학교를 부정하는 뜻은 아닙니다. 그러나 9년 동안 학교생활로 쌓인 독을 빼는 시간인 것은 분명합니다. 학교가 끼친 독은 당연히 입시와 성적 위주의 구조에서 오는 것이지만, 선생님들 문제를 말하지 않을 수 없지요. 선생님과 학생의 인격적 관계는 찾아보기 어렵고 어른으로서 선생님 역할 또한 부재합니다. 성적이 아니라 인격으로 학생들을 대하려는 선생님을 만나기도 하지만 그야말로 드물지요. 두 아이의 학부모로 지낸 십수 년의 경험이 그렇습니다.

왕따로 인한 아이들의 상처 뒤에는 무력하거나 무지한 어른이 있다고 생각합니다. 채윤이와 함께 본 영화 〈우리들〉이 그것을 잘 보여주지요. 영화에서는 진정한 의미의 어른을 찾아볼 수가 없습니다. 불과 열한 살 밖에 안 된 아이들이 폭력에 짓밟히거나 폭력으로 짓밟고 있을 때 도움을 손길을 내미는 어른이 없습니다. 아니, 손을 내밀기 전에 아이들의 두려움 가득한 표정과 축 처진 어깨를 읽는 눈을 가진 어른이 없습니다.

주인공 선이 엄마는 밝고 따뜻한 사람으로 그려집니다. 그런 성격이라면 치유적인 눈과 마음을 가졌을 법도 한데 자기 아이를 너무 모릅니다. 무엇보다 문제에 직면할 줄 모르지요. 정작 아이가 아파하는 곳에는 무심하고 엄한 곳에 정과 따스함을 발휘합니다. 선이 아버지는 임종 직전인 자기 아버지를 용서할 수 없고, 화해할 수 없는 것을 괴로워합니다. 권위적이지 않은 젊은 담임 선생님도 나오지만 선생님조차도 이 폭력을 읽어 내는 눈이 없습니다.

관계에 있어 미숙함은 주인공 아이들보다 나을 것이 없고요. 피해자와 가해자를 오가는 주인공은 결국 돌봄을 받지는 못합니다. 영화 속 어른들을 무조건 탓할 수만은 없습니다. 우리 대부분은 이렇게 자랐을 것이고, 우리 아이들 또한 이렇게 자라고 있을 겁니다.

저 역시 초등학교 시절 아픈 왕따 경험이 있습니다. 어른이 되어 심리 치료를 공부하고 돌아보니 가장 큰 상처는 엄마에게서 왔다는 것을 깨달았습니다. 밥도 못 먹고 시들시들한 저를 보고는 속이 상해 학교로 찾아오신 엄마이지요. 친구들을 타이르고 선생님과 상담도 하고 집에 와서 엄마가 하신 말씀은 "네가 교만해서 그렇다."였습니다. 이 한마디가 비수로 꽂혔습니다. 모든 것의 원인은 저의 잘못이구나 싶었지요. 자라 보고 놀란 가슴 솥뚜껑 보고 놀라는 이야기가 제게도 이렇게 만들어졌습니다. 그 시절 저한테도 마땅한 어른이 없었답니다.

운이 좋게도 채윤이는 중요한 시기에 준비된 어른들을 만났습니다. 꽃친은 가장 쓸데없는 일로 허비하는 일 년입니다. 쓸데없는 일을 도모하고 아이들과 동행하는 선생님은 준비된 어른입니다. 아이들끼리 오가는 감정 문제를 면밀히 관찰하고, 아주 작은 변화를 감지하며 소중히 여기는 자세로 아이들 곁에 있었습니다. 성격 차이, 꽃친에 대한 기대의 차이, 이성에 대한 관심 등 함께하는 모든 상황이 각각의 아이들에게는 사소하면서 사소하지 않은 것입니다. 때로 적극적으로 개입하고 때로 조심스레 관망하면서 사소한 관계의 문제를 사소하지 않은 것으로 대해 주셨지요.

한 꽃치녀 어머니가 일 년의 방학을 통해 받은 가장 큰 선물을 좋은 어른들과의 만남이라고 했는데 같은 생각입니다. 휴먼라이브러리 활동으로 다양한 분야에서 '어른'을 만난 것은 말할 것도 없고, 일 년 내내 좋은 어른에 둘러싸여 있었다는 것은 정말 값진 선물입니다.

아이에서 어른으로 가는 정체성 혼란의 시기, 어느 때보다 또래가 중요한 시기입니다. 지금 아이들은 마음껏 짱고 까불고 싸우며 자기를 발견할 안전한 공간 없이 황량한 청소년기를 보냅니다. 어쩔 수 없이 마음의 에너지가 가장 많이 흘러가는 우정 관계는 쓸데없는 것으로 치부되지요. 꽃친은 우리나라 청소년이 흔히 경험할 수 없는 일입니다. 생각이 여기까지 이르면 꽃치녀들이 누리는 나날이 특혜는 아닐까 다른 또래 아이들에게 미안한 마음마저 듭니다. 학원 뒷골목에서, 교실 구석과 화장실에서, 안전한 어른들의 눈에 띄지 않는 곳에서 폭력으로 가장 미숙한 의사소통을 주고받을 아이들이 생각납니다.

꽃친의 일 년은 아무 일 안 하는 일 년,
아니 가장 쓸데없는 일로 허비하는 일 년입니다.
이 쓸데없는 일을 도모하고 아이들과 동행하는 선생님들은
준비된 어른들이지요.

물론 단 일 년의 안전지대 경험으로 채윤이가 가진 두려움이 한 번에 사라지지 않았습니다. 건전하게 우정을 쌓는 일도 평생 배워야 하는 일이지요. 오래전 한 번의 아픈 경험이 이후의 삶에 지속적으로 영향을 미치는 것처럼 긍정적인 경험 역시 오래 두고 열매를 보게 될 것이라 생각합니다. 꽃친 이후에도 여전히 채윤이 앞에는 자라로 착각할 솥뚜껑이 등장하곤 합니다. 분명한 것은 솥뚜껑일 뿐이라고 깨닫는 시간이 짧아졌다는 것입니다.

꽃친을 마치고 일 년이 지난 시점, 채윤이는 몇몇 꽃치녀와 해결되지 않았던 감정을 여전히 정리 중입니다. 심지어 속으로 끙끙 앓으면서 가장 힘겨워했던 친구에 대해 두려움 대신 이해로 태도를 전환하는 일이 최근에 있었습니다. 아이로서는 마음의 큰 산 하나를 넘었겠지요. 꽃친 시절 '사랑과 우정 사이'를 안내했던 선생님의 집을 들락거리며 놀고 수다 떨다 일어난 일입니다. 꽃친 일 년은 끝났지만 꽃친의 사랑과 우정은 진행 중입니다.

꽃친의 게으른 집 하루

"엄마, 누나 깨울까?"

채윤이 동생의 등굣길 인사말입니다. 언제 토요일이 오나, 등굣길은 찌뿌둥한데 열일곱 살 누나는 세상 모르게 자고 있으니 부러움과 얄미움을 한껏 담아서 하는 말이지요. 꽃치녀 채윤이의 하루는 끝도 없는 잠으로 시작합니다. 보통 잠에서 깨어 눈을 뜨며 하루가 시작한다면, 일 년짜리 방학을 사는 아이의 하루는 늘어지는 잠으로 출발한답니다. 듣도 보도 못한 일 년의 방학을 소개하는 첫 설명회에서 원조 꽃친 은율이의 솔직 고백이 바로 이것이었습니다. "안식년 동안 무엇을 했나요?"라는 질문에 "거의 잠을 잤어요. 신생아처럼 잤어요."라고 했습니다. 그리하여 얻은 것은 고운 피부였다고 했지요. 이 간증이 그렇게나 울림이 있었는지 무슨 사명처럼 채윤이는 잠을 자려고 했습니다.

이제와 말하지만 아이에게는 일 년의 방학, 엄마에게는 일 년의 속 터짐이라 해도 과언이 아닙니다. 10시, 11시가 되도록 자는 아이를 보면 갑갑해 죽을 지경이지만 깨울 명분도 없습니다. 방학이니까요. 푹 쉬기로, 그야말로 낭비하기로 합의한 시간이니 잠을 자든, 빈둥거리든 엄마가 할 일은 '내비도'의 수련을 연마하는 것 뿐입니다. 한국형 청소년 인생학교니 뭐니 해도 실상은 '한국형 게으른 청소년 백수의 하루 살기'입니다.

부모 모임에서 아이들 잠 이야기가 나왔습니다. 속 터졌던 고발이 속출했지요. 저만 그런 게 아니었구나 하고 큰 위로를 받았습니다. 가장 늦게 일어난 시간이 오후 2시라는 이야기까지 나왔지요. 이구동성으로 흉을 보고, 공감의 감탄사를 연발하고, 깔깔대니 속이 뻥 뚫리는 느낌이었습니다. 설국열차에 올라타 그 안에서도 뛰던 아이들을 하차시킨 이유는 그저 쉬어 보자는 것 아니었던가요. 좋은 성적, 그게 안 된다면 미래를 위해 뭔가를 잘해야 하는 생산적인 삶을 멈추는 것이었습니다.

원론적으로 말하자면 심심한 시간을 가져 보자는 것이었지요. 그 시간 동안 자기 탐색을 통해 좋아하는 것을 발견하고 진로를 정하면 좋겠지만 그게 쉬운 일이 아니라는 것도 알고 있었습니다. 일단은 한번 늘어지게 쉬자는 뜻이었습니다. 푹 쉬라고 하고선 정작 쉬고 놀고 자는 모습을 못 보겠으니, 이건 스스로 지운 형벌이 따로 없었습니다. 단언컨대 일 년의 안식년, 이 좋은 명분을 지키는 힘은 게으른 청소년 백수를 견디는 부모의 힘이기도 합니다.

일 년의 방학 동안 공식 게으름뱅이를 열심히 부려 먹었습니다. 설거지 해, 빨래 돌려 놨으니 다 되면 널어, 밥 먹고 청소기 한 번 돌려라 등 사춘기 끝의 키 크고 힘세고 시간 많은 유휴 노동력을 그냥 두지 않았지요. 우리 집만의 이야기가 아닙니다. 아이들이 꽂친 소개 셀프 영상을 제작한 적이 있는데 싱크대, 청소기, 세탁기가 거의 주연급으로 등장하는 것을 보고 한참 웃었습니다. 식구들이 먹은 그릇을 닦고, 밥을 안치고, 빨래를 한다는 건 사소한 일이지만 결코 사소하지 않은 일입니다. 세 끼 밥을 먹는 일, 깨끗한 옷을 입고 안전한 집에 사는 것은 얼마나 중요한 일인가요. 공부 벼슬을 하느라 제 방 한 번 제대로 정리하지 못한 채윤이가 가족이 먹고 입는 것을 위해 봉사합니다. 밥이고 빨래고 저절로 되는 줄 알고 살았던 채윤이가 제 손으로 살림을 하면서 "양말 좀 뒤집어 놓지 마라, 밥을 남기지 마라." 잔소리를 합니다. 그 잔소리는 엄마 흉내가 아니라 사소하지만 가장 중요한 것을 몸으로 겪으며 살아 본 자의 목소리입니다. 이 시간이 아니었다면 결코 경험하지 못했겠지요.

채윤이가 유치원 다닐 때 식사 전에 이런 구호를 외쳤습니다.

"엄마, 아빠, 감사합니다. 농부 아저씨 감사합니다. 맛있게 먹겠습니다. 선생님 먼저 드세요."

밥알 하나에 담긴 수고와 땀을 기억하는 참교육이었습니다. 제몸으로 참여하며 수고로움을 느껴야 비로소 그 의미를 깨닫게 됩니다. 제 손으로 먹을 것과 입을 것을 해결할 수 있는 아이로 키우고 싶었지만 정작 머리가 크고 나서는 공부하느라 여력이 없다고 미리 포기한 부분이었습니다. 살림꾼 채윤이를 만나게 된 것은 청소년 백수 생활로 얻은 예상치 않았던 수확이었습니다.

일상이 함께 맞물려 돌아가는 가족은 유기적 시스템과 같습니다. 한 구성원의 변화는 좋은 의미로든 그 반대든 가족 전체에 영향을 미칩니다. 꽃친 채윤이의 게으른 하루는 나비 효과를 불러 일으켰지요. "엄마, 누나 깨울까?"가 아침마다 부르는 동생의 노래라면 "나도 쉬고 싶다. 아빠도 꽃친 하면 안 되나?" 이것은 아빠의 노래였습니다. 아빠로서의 책임감, 소명에 대한 확신으로 일을 쉬는 것을 상상하지 못했던 아빠였습니다. 일 년 방학을 선택하는 과정과 게으르게 늘어진 일상을 함께하면서 아빠의 생각에도 작은 균열이 생겼지요. 앞만 보고 쉼 없이 달려야 한다는 자기 신화에 물음을 제기했습니다.

다들 학교 가고 출근하는 네모난 세상을 살아가는데 게으른 동그라미가 집안 구석구석 굴러다니는 것을 보면서 생각의 여백을 갖게 되었습니다. 처음에는 마음 한구석 불안함을 감추고 딸의 안식년을 지켜보던 아빠가 점차 여백의 시간을 부러워하게 되고, 결국 본인도 도전하는 용기를 냈답니다. 안정적이고 크게 불편함 없는 삶을 뒤로하고 자기다움에 한 발 더 다가가는 선택을 했지요. 안정과 풍요라는 네모난 틀에 안주하지 않아야겠다고 결심했고, 채윤이가 꽃친을 마칠 즈음 아빠는 새로운 직장으로 옮기게 되었습니다. 물론 용기 내어 옮겨간 낯선 곳은 꽃자리가 아니었습니다. 무모한 도전의 대가를 치르느라 몸도 마음도 힘겨웠지만, 그럼에도 자기다움을 향한 아빠의 여정에서 소중한 결단이었지요. 채윤이의 진로 찾기가 자기다움을 찾는 긴 여정이듯 중년의 아빠도 엄마도 끝나지 않은 길을 걷고 있는 중입니다.

꽃친 시작과 함께 채윤이는 재즈 피아노로 전공을 바꿨습니다. 4~5년 동안 밥 먹고 피아노만 쳤습니다. 재능도 있고 좋아하는 음악이기에 자발적으로 선택한 길이었지만 어느새 연습의 의무만 남아 괴롭던 시간이었지요. 쌓아 온 연습의 시간이 아깝지만 일 년을 쉰다는 것 자체가 지난 수년을 일부분 포기한다는 뜻이기도 했으니까요. 쌓아 온 성과가 아깝다면 방법은 하나, 앞만 보고 내달리는 것 밖에 없습니다.

앞서 덕밍아웃 프로그램에서 채윤이가 이중생활을 고백했다고 이야기했지요. 클래식 음악을 전공하지만 좋아서 찾아 들은 적이 없고, 팝과 재즈를 들을 때에야 숨통이 트였다고 했습니다. 그렇게 채윤이는 새로운 방향을 찾았습니다. 비로소 전공과 덕질이 일치된 셈이지요. 즐기는 자를 따를 수 없다고 하니, 숨통이 트는 것을 전공으로 삼으면 이제 채윤이는 자기 음악으로 뭔가를 이뤄 내겠구나 하는 생각이 들었습니다. 시간도 더 많아졌으니 예전처럼만 연습한다면 그야말로 노력하는 자, 즐기는 자의 효과를 다 볼 수 있을 것이라고 생각했습니다. 하지만 엄마의 행복한 상상일 뿐 현실은 달랐지요. 이제야 좋아하는 음악을 하게 됐는데, 시간은 많고 그저 연습만 하면 되는데 채윤이는 피아노 앞에 앉질 않았습니다. 다시 속이 뒤집어졌지만 어차피 꽃친 엄마로 일 년을 산다는 것은 아이 삶의 모든 생산성에 대한 기대를 내려놓는 시간이었습니다.

채윤이가 꽃친 일 년 동안 가장 많은 시간을 투자한 것은 밀린 드라마 정주행이었습니다. 집에 TV가 없어서 유행하는 드라마를 사진으로 보며 느꼈던 결핍감을 다 충족했다고 합니다. 이어폰 꽂고 스마트폰을 들여다보고 있을 때 좀 그만하라고 하면 연습 때문에 음악 검색한다고 답했습니다. 잠깐 음악을 들었을 테고 가족들 잠든 시간, 새벽까지 함께했던 것은 세상의 모든 드라마였겠지요.

꽃친을 한다고 했을 때 주변에서 받은 찬사와 기대가 있습니다. 대단히 깬 엄마가 딸을 위해 용기 있는 선택을 했고, 딸은 일 년 동안 자기를 찾는 근사한 시간을 보낼 것이라고요. 현실은 이렇습니다. 꽃친 모임에 가는 이틀을 제외한 날은 설거지와 빨래를 하며, 남은 시간에는 대부분 드라마를 봅니다. 새벽까지 드라마를 보고 늦잠을 자고 다시 설거지와 빨래를 하는 일상이 반복됩니다. 초반에는 나름대로 죄책감을 느끼는 것 같던 채윤이는 갈수록 당당해졌습니다.

"이러려고 꽃친 하는 거잖아. 방학이 이렇지 뭐!"

게으른 나날이 지속되자 심심하다면서 잠깐 뜨개질에 빠졌고, 판타지 소설을 스쳐 지났으며 좋은 글을 베껴 쓰기도 했습니다. 글쓰기는 유일하게 생산적 결과를 얻은 부분입니다. 채윤이는 방학 일 년 축하 선물로 예쁜 일기장을 받았습니다. 그러잖아도 일 년의 방학을 기록으로 남기자는 이야기를 하던 중이었지요. 일 년 내내 잠만 자도 좋고 드라마를 봐도 좋지만 꼭 한 가지, 일기만은 꾸준히 쓰자 약속했습니다.

꽃친 모집에 접수하기 위해 자기 소개서 쓰던 밤을 잊을 수가 없습니다. 어렸을 적엔 제법 글로 자기를 잘 표현했던 것 같은데 자기 소개서를 앞에 두고는 채윤이가 딱 얼어 버렸지요. 채윤이는 무슨 말을 써야 할지 모르겠어서 답답하고, 엄마는 바라보는 것만으로 답답했습니다. 글 쓰는 작가의 딸인데, 이렇게 먹통일 수가 있는지 막막했습니다.

그러던 채윤이가 꽃친에 합류한 뒤 일기 쓰기를 시작하게 되었습니다. 꽃친에선 '오늘 하루를 닫는 딱 하나의 문장 쓰기'로 함께 쓰고 읽는 시간이 있었고, 아이들의 서툰 시도를 따뜻하게 독려해 주었습니다. 언젠가부터 차츰 '쓰기의 맛'을 알게 된 것인지, 채윤이가 책상에 엎드려 끄적이는 모습을 심심치 않게 볼 수 있었답니다.

꽃친 전반기를 보낸 여름, 둘이서 미국 여행을 하게 되었습니다. 보고도 믿기 어려운 장면이 자주 연출되었지요. 방문했던 대학의 캠퍼스 의자에 앉아서, 잠시 멈춰 쉬는 공원에서도, 석양을 바라보는 크루즈에서, 시끌시끌 스타벅스 매장에서, 공항에서 비행을 기다리는 시간에도 채윤이는 다이어리를 펼치고 뭔가를 끄적였습니다. 지금 이 순간의 감동을 사진이 아닌 글로 남기고 싶다는 것이었습니다. 불과 몇 개월 전 자기 소개서를 앞에 두고 속이 터지던 채윤이가 맞

공부는 못해도 글로 자기를 표현하는 힘만은 길러 주고 싶었지만
마음대로 되지 않았습니다. 무엇보다 시간이 없었지요.
채윤이는 게으른 일 년을 보내며 심심해하다
글과 함께 노는 법을 알게 되었습니다.
어디서나 노트를 꺼내어 '쓰는 아이'가 되었지요.

는지 믿기지 않았습니다.

함께 읽기와 함께 쓰기의 힘이라고 생각합니다. 처음엔 두려워했지만 친구들도 자신과 크게 다르지 않다는 것을 알고, 나날이 쓰고 나누는 기회가 많아질수록 채윤이의 자신감도 자란 것이지요. 참 고마운 일입니다. 공부는 못해도 글로 자기를 표현하는 힘만은 길러 주고 싶었지만 마음대로 되지 않았지요. 그런데 심심해하다 '글'과 함께 노는 법을 알게 된 것입니다. 심심하고 어딘가 나가고 싶은데 딱히 갈 곳 없을 때, 예쁜 문구도 있고 책도 있는 서점에서 혼자 할 수 있는 놀이도 발견했습니다. 심심함 속에서 얻은 좋은 습관이지요.

개나리가 활짝 피고, 목련 꽃봉오리가 흰 촛대로 환한 봄을 밝히는 어느 날 여느 때처럼 심심한 채윤이와 산책에 나섰습니다. 집 근처 선유도 공원에 들어서니 연하디 연한 분홍빛, 연둣빛에 눈이 부셨습니다. 채윤이는 "너무 예쁘다, 너무 좋다."를 연발했습니다.

"채윤아, 꽃이 피면 이렇게 좋은데 엄마는 활짝 핀 꽃보다 봉오리가 더 좋다. 피기 전 봉오리가 더 예뻐 보여."

채윤이의 생각은 달랐습니다.

"아닌데. 나는 어설프게 핀 꽃보다 활짝 핀 꽃이 더 좋은데."

꽃봉오리 같은 열일곱에게는 앞으로 활짝 피울 일이 남아 있으니까요. 이제야 비로소 채윤이의 봄날이 시작되었습니다. 연둣빛 생명력을 가득 품고 축축 늘어진 수양버들을 옆을 지나다 채윤이가 말했습니다.

"엄마, 나는 나무나 꽃이 좋다는 걸 처음 알았어. 자연이 좋다는 건 어른들이 그냥 하는 이야기인 줄 알았어."

멈춰야 비로소 보이는 것이 있습니다. 생명력 가득한 수양버들이 늘어진 모습은 게으른 시간을 사는 채윤이 같았습니다. 짧아서 더 아쉬운 봄볕, 붙들고 싶은 봄날이었지요. 느리고 게으르게 생의 봄날을 사는 딸의 하루를 찬양했습니다.

꽃친 동네, 더욱 커진
또 하나의 가족

채윤이가 4학년 때 사회 시간에 가족의 형태를 배우고는 한동안 핵가족, 확대 가족, 한부모 가족을 분류하는 놀이에 빠졌습니다. 외할아버지의 추도식에 가는 길, "엄마, 외할아버지는 어떤 아빠였어? 우리 아빠 같은 아빠였어?"를 시작으로 질문을 쏟아 냈지요. "엄마, 정말 슬펐겠다." 하며 차창 밖을 내다보더니 회심의 심호흡을 하고 말했습니다.

"엄마, 혹시 아빠가 죽어서 우리 집이 한부모 가족이 된다면 엄마는 꼭 재혼을 해. 나는 한부모 가족은 조금 싫어. 엄마가 재혼을 해서 다시 핵가족으로 만들어 줘. 아니면 할머니 할아버지랑 같이 살아서 확대 가족으로 하든지."

역시나 자기 생각이 분명하고 표현은 똑 부러지는 채윤이다웠습니다. 여러 모습의 한부모 가족이 있겠지만 혼자 남매를 키우던 우리 엄마는 얼마나 고되고 서러웠을까 하고 생각했습니다. 엄마가 된 저는 '한부모'로 가정을 이끌던 우리 엄마를 자주 떠올립니다. 어떤 이유에서든 홀로 아이를 키우는 것, 요즘 말로 '독박 육아'는 가혹한 일입니다. 아이들 키우면서 채윤이가 좋아하는 확대 가족을 생각했습니다. 일상의 낙과 고단함을 편히 나누고 함께 고민하는 확장된 의미의 가족 공동체가 있다면 좋겠다는 생각이었지요. 아이 하나를 키우려면 마을 전체가 필요하다는 말에 깊이 공감합니다.

공동 육아, 또는 육아 공동체에 막연한 꿈이 있었지만 정작 이루지 못했습니다. 현실에서는 오히려 고립된 엄마였지요. 직장 생활로 시간이 없기도 했지만 아이 친구 엄마들과 어울리질 못했습니다. 큰아이 채윤이를 유치원 보내고 처음으로 학부모가 되었을 때, 같은 반 엄마들과 친해질 기회가 있었습니다. 없는 시간이지만 같이 커피도 마시고 아이들을 함께 놀게 했는데 갈수록 대화에 끼지 못하는 저를 발견했습니다. 집에 돌아오는 길에 싸 들고 오는 걱정과 생각은 한보따리였지요.

영어 학원, 한글, 수학 학습지는 물론 미술, 발레, 독서 지도까지, 다섯 살 아이들이 하는 것이 많기도 합니다. 저는 듣도 보도 못한 정보가 어마어마했습니다. 당장 아이에게 필요한 교육이라 생각하지 않았고, 친구 엄마들의 교육관에 동의하지도 않았지요. 그런데 이상하게 영향을 받게 되었습니다. 집에 돌아오면 거실을 놀이터 삼아 난장판에 파묻힌 채윤이를 편한 마음으로 바라볼 수 없었지요. 뭐라도 시켜야 하나? 매일 조금씩 한글을 가르칠까? 영어책 줄줄 읽던 아이

친구가 떠오르고, 베개 쌓고 깔깔거리는 우리 집 다섯 살이 한심하게 느껴졌습니다. 괜히 잘 노는 아이 트집 잡고 혼내고 울리기도 했지요. 나름대로 사교육에 소신이 있었는데 옆집 친구와 '비교'하는 순간 흔들리고 말았습니다. 우리나라의 교육 문제 주범은 옆집 엄마라더니 그 말이 딱이었지요. 이때 이후로 다른 엄마들과 커피 타임을 과감히 끊었고, 유치원, 초등학교를 거쳐 중학교 생활 내내 그렇게 했습니다.

제 까칠한 교육관과 성격 때문이지만, 나름대로 채윤이를 위한 최선이기도 합니다. 언젠가 어쩔 수 없이 줄 세워지는 날도 있을 텐데, 일찍부터 그 직선의 세계에 밀어 넣고 싶지 않았지요. 문제는 엄마들과의 소통이 제 안의 불안을 증폭시키고, 그것이 고스란히 아이에 대한 닦달로 이어지니 일단 물러나기로 했습니다. 당연히 아이를 위한 선택이었습니다.

그러나 채윤이는 다르게 느꼈습니다. 다른 엄마와 아이들이 함께 모여 그룹 수업을 하고, 같이 간식을 먹고, 해가 지도록 놀이터 놀이까지 합니다. 놀이터에서 놀 때 벤치에 앉아 간식 챙기고 바라봐 주는 엄마들 사이에 우리 엄마만 없었다는 것입니다. 채윤이는 그게 부러웠다고 이야기를 하고 또 했습니다. 들을 때마다 마음이 저릿하고 아파왔습니다. 엄마가 같이 있어 주는 것만으로 그네 구르는 다리에 힘이 들어가고 미끄럼틀에 올라가 손 마주 흔드는 것으로 기분이 좋겠지요. 채윤이가 있었으면 하는 그 자리에 엄마가 없었습니다, 우리 엄마만 없다는 것이 두고두고 채윤이에겐 결핍감으로 남아 있었습니다.

최선을 다한다고 최고의 엄마가 되는 것은 아닙니다. 아낌없이 주었다고 모든 것이 사랑으로 전달되는 것도 아니고요. 놀이터에서, 친구 집에서 든든한 배경으로 함께해 주지 못해서 미안하지만 시간을 되돌려도 제 한계를 넘어서지 못할 터입니다. 앞만 보고 달려가는 입시행 열차에 태우지 않겠다는 선택은 스스로 왕따를 자처하는 일이기도 하니 엄마인 저도 늘 외로웠습니다.

꽃친 이수진 대표님을 처음 만난 건 시카고 어느 대학 캠퍼스에서였습니다. 같은 서울 안에 살면서 한 번도 마주칠 기회 없던 사람을 며칠 머무른 다른 나라에서 만나다니 무척 신기했지요. 첫 만남부터 대화가 끊이질 않았습니다. 스스로 왕따당한 엄마의 심정을 공감하며 수다의 봇물이 터졌습니다. 그렇게 시작된 인연으로 늦게 사귄 좋은 친구가 되었으며 은율이의 안식년 스토리를 듣게 되었지요. 또 생각지 못한 관계로 이어졌답니다.

꽃친 대표와 1기 열혈 부모, 다음 해에는 대표와 공동 대표의 인연으로 계속되었지요. 아이 교육에 관해선 섬처럼 살았던, 핵가족도 아닌 독신 가족 같은 느낌으로 살았던 제게 가족처럼 다가온 동지였습니다. 한 발 앞서 아이를 키우며 왕따 엄마를 자처하고, 용기 내어 낯선 길을 의연하게 걸어간 선배이기도 했습니다. 이 얼마나 고마운 만남인가요.

꽃친이 가족 동행 프로그램이라는 건 처음에는 좀 부담이 됐습니다. 방학식이라 불리는 첫 모임을 기억합니다. 딸린 가족이 죄 모여 북적북적했지요. 처음 만난 가족들은 꽃친을 하기로 작정했다는 것 외에 다른 공통점을 찾을 수 없을 정도로 다양했습니다. 낯설고 어색한 것은 아이들만이 아니었습니다. 청산유수로 가족 소개를 하는 아이, 기타를 치고, 첼로를 연주하고, 그림을 그려 자기를 표현하는 아이들을 보면서 부러웠지요. 이런 경우 부러움과 짝을 이루는 감정이 불안입니다. 아이들을 무대에 세우고, 줄을 세우며 도지는 병, 바로 '비교 병'이지요. '어, 생각하고 말하는 게 대학생 같네. 우리 애는 뭐야?' 이때는 이들이 제게, 우리 가족에게 다가와 어떤 의미가 될지 몰랐습니다.

꽃친 1년 동안 확대 가족을 얻었습니다. 첫 만남에서는 공통점이 보이지 않았으나 시간이 지날수록 다른 부모들 역시 이 시대에 왕따 엄마를 자처하는 또 다른 '나'였음을 확인하게 되었습니다. 또 다른 나들과 함께하는 것 자체가 엄마 공부 시간이었지요. 스스로 왕따당하기로 치면 저보다 더 급진적인데 의연한 엄마, 누구보다 부드러운 태도로 소신을 지키는 엄마, 아이의 일상을 지극정성으로 챙기는 아빠, 거침없이 모험과 자유를 허락하는 부모…… 서로를 거울삼아 저의 부모됨을 비추어 봤습니다.

엄마 아빠를 대동단결시키는 것은 아이들 뒷담화였습니다. 첫 만남에서 다른 아이가 뭘 잘하면 부럽고 위축되던 느낌은 어디로 갔는지 부끄러운 내 아이 드러내기에 열을 올리며 엄마 아빠들의 연대는 더욱 공고해졌지요. 시간이 갈수록 더욱 든든한 동지들이었습니다. 꽃친 첫 캠핑의 밤, 고기 구워 든든히 먹인 아이들을 방에 보내고 늦도록 농담을 주고받았던 그 밤이 잊히지 않습니다.

2학기에 접어든 어느 날, 꽃치녀 의영이네가 가족 모두를 초대했습니다. 의영이 집 앞마당에 차려진 식탁의 풍성함만큼 오고가는 대화 또한 마음을 채웠지요. 엄마들끼리, 아빠들끼리, 또 돌아서면 한두 부부가 삼삼오오 모여 앉아 하하 호호 즐겁게 시간을 보냈습니다. 자정까지 남은 서너 부부가 끊이지 않는 수다와 웃음을 이어갔지요. 그사이 아이들은 뛰놀고, 깔깔거렸습니다.

이날은 채윤이가 꼽는 최고의 날입니다. 돌이켜 볼수록 소중한 기억이랍니다. 이날이 왜 그리 좋은가 생각해 봤더니 친구들과 노는 곳에 엄마 아빠들이 함께했고, 무엇보다 우리 엄마가 거기 있었기 때문이라고 말했답니다. 친구 가족과 함께 놀았던 경험이 왜 없을까만, 결핍이란 이렇게 맹목적으로 매여 있는 것입니다. '나는 한 번도 했던 적이 없어, 가진 적이 없어, 부러울 뿐이야.' 어릴 적 기억 저장고에 그렇게 저장된 것이지요. 부러움과 결핍감이 상처라면 이날은 채윤이 마음에 반창고 하나를 붙인 날입니다. 이런 이유가 아니라도 '인생 샷'으로 여길 장면 하나를 간직하게 된 것은 얼마나 좋은 일인가요. 이 날을 시작으로 집 모임이 시작되었습니다. 돌아가며 집으로 초대를 하고, 가정의 빛깔에 따라 그때그때 모임의 분위기가 달라졌습니다. 비슷하지만 다른 가족, 다르지만 비슷한 가족의 연대와 마음으로 일군 확대 가족입니다.

확대 가족의 이야기는 여기서 그치지 않습니다. 생각해 보면 가족은 얼마나 든든한 비빌 언덕인가요. 집 밖의 경쟁적, 사무적 관계 속에서 지친 몸과 마음이 돌아가 쉴 곳이 되어 주지요. '즐거운 곳에서는 날 오라 하여도 내 쉴 곳은 작은 집, 내 집 뿐이네.' 노래도 있잖아요. 그런데 '우리'에 방점을 찍고 울타리를 견고하게 치면 자연스레 '배제'가 됩니다. 우리 딸, 우리 아들, 우리 가족에만 눈이 멀어 협소해질 때 가족은 이기주의라는 말과 짝을 이룹니다. 가족 이기주의는 말만으로도 가족 밖의 사람을 외롭게 만들지요. 확대 가족은 더 확대되어야 하고 우리는 더 커진 가족을 만났습니다.

안식년을 지내며 자기다움에 한 발자국 다가간 채윤이에게 예상치 못한 변화가 생겼습니다. 자기가 혼자만의 자기가 아니라는 것을 깨달았습니다. 스스로 표현한 것은 아니지만 채윤이의 '자기'가 확장되고 있음을 느낄 수 있었습니다. 나가 되는 너가 생겼다는 것이지요. 게다가 그 '너'는 시대의 억울함 속에 고통받고 있는, 울고 있는 '너'들이었습니다. 세월호, 그 기막힌 참변이 있던 2014년에 채윤이는 중학교 2학년이었습니다. 고개 들어 하늘 한 번 쳐다보지 못했던 시절을 살고 있었지요. 위도 옆도 돌아볼 여유가 없던 채윤이에게 세월호는 조금 가슴 아픈 뉴스 중 하나였을 것입니다. 엄마와 동생이 세월호 피케팅에 동참하고 추모 집회에 다녀도 따라나설 틈이 없었습니다. 꽃친을 하면서 세월호 2주기를 맞았습니다. 꽃친 모임에서 당시 미수습자였던 허다윤 양의 어머니를 초대했습니다. 그 만남 뒤 미수습자 허다윤은 채윤이에게 다윤이 언니가 되었습니다. 그리고 다윤이 언니의 엄마는 채윤이 마음에 또 하나의 '엄마'가 되었지요. 세월호 가족은 우리에게 또 다른 가족이 되었습니다. 이즈음 채윤이 는 이런 글을 썼습니다.

벌써 세월호 2주기가 지났다. 2년이라는 시간이 누군가에게는 길고 누군가에게는 짧은 시간일 텐데 나한테는 긴 시간이었다. 2년 전 나는 중학교 2학년이었고 지금 생각하면 오래전 같이 느껴진다. 그러나 세월호는 마치 한 달 전 일 같이 내 기억 속 에 생생하게 살아 있다.

솔직히 말하면 세월호에 대해 나는 덤덤했다. 대부분의 사람들 처럼 안타까운 마음만 가지고 있고, 노란 리본은 누군가의 시 선을 바라며 달고 다녔다. 하지만 최근에 다윤이 언니 어머니 를 만나고 피케팅을 하면서 세월호 가족들께 한 발자국 다가갔 다. 그저 관심을 가지는 것 이상으로 세월호가 나에게 크게 다 가왔다. 2주기인 만큼 독서 모임에서 세월호 관련된 책인 『다 시 봄이 올 거예요』를 읽었는데 나에게 큰 영향을 주었다. 세월 호에 탔던 한 사람 한 사람과 유가족이 그저 세월호 생존자와 희생자가 아니라 누군가의 딸, 누군가의 아들, 누군가의 소중한 사람이었다는 사실을 깨달아 더 마음이 아팠다.

나는 이번 2주기 때 페이스북에 들어가는 것이 무서웠다. 평소에는 잠잠하다가 이럴 때만 되면 세월호와 관련된 것들이 어마어마하게 올라온다. 근데 그 게시물들이 추모하고 애도하는 것보다 비판적인 것들이 많아서 보기가 너무 힘들었다. 게다가 이럴 때만 세월호에 관심을 가지는 사람들을 보면서 그게 나쁜 것도 아니고 잘못된 것도 아닌데 안 좋은 생각이 들었다. 들어갈 때마다 올라오는 세월호 영상들 때문에 마음이 더 힘들었다. 누가 나한테 이런 말을 했다. "세월호 너무 마음 아프고 화가 나지만 그렇게 피케팅 해 봐야 달라지는 건 없지 않아?" 나도 그렇게 생각했다. 그리고 지금도 이렇게 생각하는 사람들이 있을 것이다. 하지만 피케팅을 하면서 사람들이 지나가며 한 번 쳐다보고 리본을 받아 주는 순간이 얼마나 소중한지 느꼈다. 그 짧은 순간 세월호를 기억한다. 잊지 않고 기억하는 것이 내가 할 수 있는 중요한 일이 아닐까.

꽃친을 시작하며 채윤이에게 검정색 새 운동화를 하나 사 주었습니다. 고르고 골라서 선택한 마음에 꼭 드는 신발이었지요. 오랜만에 산 새 운동화라서인지 덥석 신지를 못하고 며칠 동안 방 안에 가지런히 모셔 두고 있었습니다. 문득 팽목항에 놓여 있던 운동화 한 켤레가 떠올라 눈물이 치밀어 올랐습니다. "돈 없다. 허튼 데 신경 쓰지 말고 공부나 해라." 하며 "엄마, 뉴발 운동화……." 하던 말을 묵살했던 것이 두고두고 가슴에 맺힌 엄마의 손길일 것입니다. 다시 새 신을 신길 수 없는 차가운 발을 안고, 정신을 잃고 또 잃었을 엄마의 고통이 어찌 그 엄마만의 것일까요. 새 운동화를 신고 좋아라 펄쩍펄쩍 뛰는 아이를 바라보는 저의 눈이 과연 저의 것이어도 될까요? 이 평범한 행복을 아무렇지 않게 누려도 될까요?

2014년 4월 16일, 그날이 그저 평범하게 지나간 하루였다면 제 삶이, 채윤이의 삶이 이렇게 달라지지 않았을 것입니다. 이왕 예중생이 되었고, 공부만 하는 아이들보다는 유리한 조건에 놓였으니 예고 가서 웬만한 대학에 보내는 삶이 당연하다고 생각했겠지요. 하지만 2014년 4월 16일, 저와 우리 가족과 이 나라가 멈춰 섰습니다.

이제 와 고백건대, 세월호가 아니었다면 채윤이는 멈춰 서지 않았을 것입니다. 설국열차에서 내려와 쉼을 선택하지 못했겠지요. 우리의 아들딸들이 자꾸 제게 물었습니다. 당신의 아이들이 당신 것이냐고, 세상이 규정하고 당신이 세운 계획으로 보장할 수 있는 것이 무엇이냐고, 내일의 무엇을 위해서 오늘의 사랑과 행복을 유보하느냐고 물었습니다.

매일 세월호 부모들을 생각했습니다. 등교하는 아이 등에 대고 감정 실은 잔소리를 퍼붓고, 얼굴 붉히며 때로 냉랭하게 보내는 일이 한두 번이 아니었습니다. 수학여행 가는 아이와 따뜻하게 인사하지 못하고 보낸 엄마, 그리고 돌아오지 않는 아이를 기다리면서 발

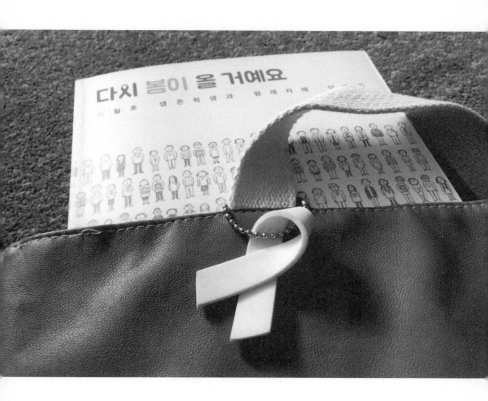

꽃친은 끝났지만
꽃다운친구들의 세상은 끝나지 않았습니다.
꽃친 동네라는 이름으로 가족들의 만남은
더 끈끈하고 유쾌하게 이어지고 있지요.
시대의 아픔을 짊어진 이웃과의 연대를 맛 본 우리 가족은
마음의 울타리를 허물고 또 허물려고 합니다.

을 동동 구를 엄마의 마음은 결국 저였습니다. 져야 할 죄책감이 있다면 이 땅의 엄마들이 함께 나눠서 져야 하고, 누구보다 제가 함께 져야 했습니다. 살아남은 자로서의 삶을 살아야지 싶었고요. 생명 귀한 줄 모르고 멀쩡한 아이를 설국열차에 태워 채찍질하는 삶을 멈추라고 꽃다운 생명들이 말했습니다. 채윤이가 꽃다운친구들이 된 이야기는 세월호와 맞닿아 있습니다. 세월호 가족과 마음을 잇대어 더 큰 가족으로 살기로 한 것이지요. 꽃친이 된 채윤이가 제 발로 세월호 가족에게 다가가고 또 다른 가족으로 맞아들이는 모습에 뭉클했습니다.

채윤이의 작은 방은 피아노와 키보드 한 대로 꽉 차 있습니다. 그대로 채윤이의 오늘이며 꿈이지요. 꽃친 일 년을 마치며 친구들에게 받은 기념패, 함께 제작한 엽서 등이 소중하게 세워져 있고요. 책상과 피아노 위에는 쉽게 숨겨 놓은 보물찾기 조각처럼 노란 팔찌와 노란 리본이 있습니다. 좋아하는 확대 가족으로 만난 꽃친 가족과 더 큰 가족들의 흔적입니다.

꽃친은 끝났지만 꽃다운친구들의 세상은 끝나지 않았습니다. 꽃친 동네라는 이름으로 가족들의 만남은 더 끈끈하고 유쾌하게 이어지고 있지요. 시대의 아픔을 짊어진 이웃과 연대를 맛 본 우리 가족은 마음의 울타리를 허물고 또 허물려고 합니다. 긴 세월 기다려 만난 좋은 가족 공동체, 세월 지날수록 더 깊어질 꽃치녀들의 우정, 세월호을 잊지 않겠노라는 다짐 속에 더 많은 이웃과 연대해 좋은 세

상을 일구며 살아가겠습니다. 꽃친의 성장, 더욱 커질 꽃친 동네의
이야기는 끝날 때까지 끝난 게 아닙니다.

학교의 시계를 멈추고 자기만의 열일곱 한 해를 보낸 채윤이는 이제 꽃다운 스무 살이 되었습니다. 꽃친을 하든 바로 고등학교에 가든 어차피 후회는 있을 거라 스스로 예언하더니 가끔 아쉬워하고 대부분의 날에 만족하며 열여덟, 열아홉의 시간을 보냈습니다. 사춘기 끝에 멈추며 꺾인 채윤이 인생 항로는 대체로 순항입니다. 머리를 싸매고 고민하며 두려움 속에 했던 선택이 무색하도록 꽃친 이후의 항해가 순조로웠습니다. 감수해야 할 어려움이 없었단 말은 아닙니다. 결국 대학 입시 앞에 섰고, 헤쳐 나가야 할 암초들이 있었지만 딱 한 뼘씩 자기만의 항로를 찾아 나갔다는 점에서 순항입니다.

아이들의 시간은 멈추지 않습니다. "엄마, 누나 깨울까?" 늦잠으로 여는 누나의 열일곱 하루가 고통스럽도록 부러웠던 둘째가 어느새 열일곱이 되었습니다. 누나 채윤이와 전혀 다른 아이, 또 다른 우주입니다. 남다른 선택으로 튀는 것 자체가 싫은 아이는 행여 부모가 누나의 길로 보낼까 "나는 꽃친 안 해."를 입에 달고 살았습니다. 초등학교, 중학교 다니는 동안 학교생활로 지쳐 본 적이 없다며 멈추어 쉴 이유도 명목도 없다는 것이지요. 내심 안심이 되었습니다.

하지만 예상대로 되는 아이가 없습니다. 둘째는 올해 꽃친 4기가 됩니다. 이유도 명목도 없다던 아이가 꽃친을 하겠다고 합니다. 솔직히 가슴이 철렁했습니다. '너는 어차피 공부할 건데, 그냥 쭉 가면 안 되겠니!' 아이의 선택보다 저 자신의 반응에 더욱 놀랐습니다. 꽃친 전도사란 말이 무색하지 않게 살았거든요. 때를 얻든 못 얻든 꽃친을 전했습니다. 두려워 주춤거리는 부모에게 "일단 한번 해 보세요. 후회할 일이 없어요."라고 진심으로 전도했지요. 그런데 제 마음의 머뭇거림은 무엇일까요.

많은 사람이 가는 길에 묻어가는 것, 타고 가던 기차를 쭉 타고 가는 것이 더 편하지요. 관성의 법칙을 거스르는 데는 역시 에너지가 많이 듭니다. 한 존재를 멈춰 세우는 선택은 아이나 부모나 용기라는 비용을 내지 않고는 불가능한 일입니다. 마치 청소년 안식년을 처음 경험하는 것처럼 해야 할 고민을 다한 후에 둘째 아이의 멈춤을 선택했습니다. 이 책에 쓴 많은 이야기를 제게 다시 들려줄 때입니다.

학교의 시계가 멈춰도 아이는 자랍니다.

학교의 시계를 멈춰 세우니 아이의 시간이 시작되었습니다.

청소년이 각별한 1년을 보내도록 돕는
국내 외의 다양한 기회들

1. 해외 사례

♀ 아일랜드 '전환학년제'(Transition Year)

아일랜드의 경우, 유럽의 다른 나라들과는 달리 시험 점수가 대학 합격 여부를 결정하는 가장 큰 요인이다. 영국의 식민 지배로 다양한 산업들이 발전하지 못해 전문직을 선호하는 경향이 있어 학생들 간 경쟁이 치열하고 부모들의 교육열도 높다. 전환학년제는 이러한 현실에서 학생들이 숨을 고를 수 있도록 1970년대 아일랜드 교육 관계자들이 개발해 1990년대에 확대되기 시작했다. 우리나라의 중학교 과정에 해당하는 주니어 과정을 마치면, 아일랜드 학생들은 1년 동안 시험을 위한 공부가 아닌, 체험 위주의 새로운 교육 과정 속에서 진로를 모색하게 된다. 교실 안 수업과 더불어 대학교, 공공 기관, 지역 사회, 기업들이 운영하는 프로그램에 참여하는 식의 교실

밖 수업도 많다. 한 주에 세 번씩 진행되는 직업 체험의 경우, 학생들이 자신의 활동 현장을 선택해 참여한다. 수업 및 프로그램은 전담 코디네이터가 개발하며, 코디네이터는 교장, 학교 경영진, 학부모, 지역 사회단체, 교사의 관계 형성과 전환학년제에 대한 정보 제공 및 평가 등을 책임진다.

♀ 덴마크 '에프터스콜레'(Efterskole)

에프터스콜레는 공립 기초 학교 졸업 후 김나지움이나 직업 학교로 진학하기 전에 갈 수 있는 기숙형 중등학교이다. 공교육 제도와 공존하면서 음악, 체육, 수공예, 자연 및 생태 등 특별 영역에 재능이 있는 학생들이나 학교생활에 어려움을 겪는 청소년들이 1~2년간 자유롭게 공부할 수 있다. 교육 과정은 각 학교의 대표, 운영 위원회, 교사, 학부모의 의견에 따라 구성한다. 학교마다 다양한 교육 과정을 채택하지만 공립 학교와 동일한 졸업 시험을 치르고, 그 외에도 학교마다 최종 시험이 따로 있다. 에프터스콜레는 14~18세의 청소년들이 자발적으로 선택할 수 있으며 매년 전체 학생의 25~30% 정도 되는 2만여 명의 학생들이 260여 개의 에프터스콜레에 입학해 8학년이나 9학년 혹은 10학년의 과정을 밟는다.

♀ 영국 '갭이어'(Gap Year)

갭이어는 교육 과정 중의 쉼(Break)를 의미하며 16~25세 사이의 학생들이 3~24개월 동안 공교육 체제에서 벗어나 다양한 훈련과 활동을 경험하는 시간이다. 갭이어는 19세기와 20세기 초 교과 외의 경험을 교육 과정의 하나로 인정하기 시작한 영국의 교육에 정착하게 되었다. 매년 약 25만여 명의 학생들이 갭이어를 보내고 있으며 그 수는 매년 증가하는 추세이다. 갭이어의 대상은 중고등학교 졸업생, 대학생, 대학교 졸업생, 대학원생, 휴직자, 취업 준비생, 기타로 분류되는데 이들은 부모의 도움, 저축, 대출, 스폰서십, 유급 노동, 생활비 지급 등으로 자금을 모은다. 갭이어는 이후 미국, 캐나다, 호주 등으로 퍼졌는데, 미국이나 일본의 몇몇 대학교들은 갭이어의 영향을 받아 학생들이 입학 전 일정 기간 동안 갭이어와 유사한 프로그램을 경험하도록 하고 있다. 갭이어를 통해 학생들은 경쟁에서 벗어나 새로운 환경에서 재능과 흥미를 발견하는 기회를 가질 수 있다.

2. 국내 사례

♀ 꽃다운친구들

중학교 졸업 후 진학을 미루고 1년간의 방학을 선택한 서울, 경기 지역 청소년과 그 가족들의 언스쿨링(Unschooling) 모임으로 청소년 인생학교 민간 영역 1호이다. 2015년 9월 첫 설명회를 개최하고 2016년에 1기가 활동을 시작했다. 2019년 가을에는 5기를 모집한다.

꽃다운친구들(꽃친)이 제안하는 1년의 방학은 멈춰 설 수 있는 용기를 발휘하고, 시대의 불안을 넘어서는 의연함을 기르며, 저마다의 향기로 함께 어우러지자는 외침이다. 청소년기 중 1년을 진정한 의미의 '방학'으로서 학업에서 벗어나 충분히 휴식하고 자기만의 속도로 삶의 방향을 가늠해 보는 시간으로 삼는다. 일주일 중 이틀은 또래들과 만나 사귀고 배우며, 나머지 닷새는 가정에서 가족과 동행하며 자기 주도적인 방학 생활을 보낸다. 이처럼 꽃친은 청소년을 맡아 주는 교육 기관이 아닌 가족 동행 프로그램이다. 한 주에 두 번 이루어지는 청소년 공동 프로그램은 자기 탐구, 여행 유희, 봉사 활동, 관계 형성 등 네 영역으로 매년 구성원에 따라 다양한 활동을 만들어 간다. 부모의 성장을 위한 모임도 월 1~2회 정기적으로 진행한다.

⚲ 꿈틀리인생학교

강화군 불은면 넙성리에 소재한 1년 과정의 기숙 학교로, 2016년부터 중학교 3학년 졸업생 또는 고등학교 1학년 이수 후 휴학 또는 자퇴한 청소년 30명이 참여하고 있다. 덴마크 에프터스콜레를 한국 상황에 적용한 최초의 사례이다. 입시 경쟁 속에서 쉴 새 없이 앞만 보고 달려야 하는 청소년들에게 1년간 '옆을 볼 자유'를 줌으로써, 스스로 행복한 인생을 설계하고 나아가 장차 행복한 사회를 만드는 일꾼이 되게 하는 것을 목표로 둔다. 또한 '옆을 볼 자유, 인생은 즐겁다, 자존감과 더불어 함께, 스스로 일어나고 밥하고 빨래한다, 생명과 환경의 소중함을 생각한다, 우리와 세계를 알게 한다.'라는 6가지 설립 정신이 있다. 교육 과정은 지금, 나, 우리 삶을 연결해 글쓰기, 역사, 철학 등의 인문학 분야에 대한 공부와 미술, 음악, 체육 등 예체능 분야에 대한 공부를 포함한 일상 수업, 자신의 흥미를 깊게 탐색하기 위한 개인과 팀별 프로젝트, 농업 실습, 진로 지도로 이루어진다. 그리고 학교 밖 현장에서 실제로 배우고 느낄 수 있는 '캠프 활동'과 각자 흥미 있는 분야와 관련된 장소에서 수업을 하는 '이동학교'도 있다. 가장 오랜 기간에 걸쳐 몸과 마음을 쏟는 두 가지는 여행과 농사 짓기이다.

♀ 열일곱인생학교

17세 청소년(중학교 3학년, 고등학교 1학년)이 학교를 1년 동안 쉬면서, 자기 자신을 밀도 있게 탐색하고 인생을 주체적으로 살아 보자는 청소년 인생학교이다. '함께여는교육연구소'가 주관하며 용인 수지구 동천동 지역 내의 여러 공간을 활용해 수업을 진행한다. '내 안에 감춰진 나를 발견하기, 살아 있는 삶과 다양성 배우기, 공존과 상생을 통해 사랑하는 법 배우기, 배움의 주도권 되찾기'를 중심으로 세상과 소통하는 자립을 배운다. 주된 교육 과정으로는 개별, 모둠 프로젝트와 14박 15일 동안 농촌에 들어가 일을 거들면서 노동의 의미와 농민의 실정을 체험하는 봉사 활동인 농활을 꼽을 수 있다. 지역 내에서 이루어지는 '마을 학교' 형태이기 때문에 마을의 독립 서점, 인문학 공동체, 도서관, 예술 교육 센터 등을 배움터로 삼아 마을 어른들과 관계를 맺고 다양한 삶의 방식을 배울 수 있다. 15명 내외로 이루어진 소수의 학생이 소규모 그룹을 형성해 담임 교사와 함께 자신에 대해 알아 가고, 문제 해결을 연습하며 성장한다.

♀ 상주 청소년 인생학교 쉴래

덴마크의 에프터스콜레를 상주 실정에 맞게 적용한 교육 프로그램이다. 중학교를 졸업하고 1년간 학교에 다니지 않고, 온전히 자신의 삶을 돌아보고 미래를 그려 볼 수 있도록 쉬는 시간을 갖는다. 쉴래는 기본적으로 마을 학교의 형태를 띠고 있다. 모든 수업과 프로젝트는 청소년, 부모, 멘토로 구성된 쉴래의 구성원들이 함께 고민하고 합의해서 결정한다. 1년간 어떻게 쉴 것인가에 대해서도 최소한의 장치만 있을 뿐 그것을 디자인하고 최종 결정하는 것은 오롯이 청소년들의 몫이다. 어른들은 환경을 만들어 주고 조언할 뿐이다. 상주에는 다양한 재능을 나눌 수 있는 인적 네트워크가 잘 마련되어 있어서 멘토로 불리는 이들은 자신의 직업 혹은 특정 분야에 대한 수업을 진행한다. 전문적인 교육자가 아니더라도 독서와 생각 나누기, 체력 단련, 캘리그라피, 목공, 만화, 어학 수업, 음악, 영상, 애니메이션, 요리, 빵 만들기, 농업, 축산업 등등 자신이 종사하거나 관심이 많은 분야의 강사가 되어 쉴래에 참여한 청소년들과 수업을 진행한다.

♀ 오디세이학교

일반고와 자율형 공립고등학교에 진학할 중학교 3학년 졸업 예정자 90명을 모집해 고등학교 1학년 과정을 운영하는 학력 인정 위탁 교육 과정이자, 1년 과정의 자유학년제 운영 학교로 2015년 시작되었다. 기존의 입시 경쟁 교육을 벗어나 자율적이고 창의적인 교육 과정을 통해 학생들이 자발적 배움의 주체로 서게 하고, 미래 사회의 변화를 주도할 수 있는 창의적 진로 개척 역량과 사회 속에서 함께 살아가는 자율적 시민 의식을 함양하는 것을 목적으로 한다. 서울 지역 내 1개의 공교육 기관(오디세이 혁신파크)과 3개의 민간 교육 기관(공간민들레, 꿈틀학교, 하자센터)을 협력 기관으로 운영한다. 교육 과정은 영어, 수학, 한국사 외에 말과 글, 프로젝트, 자치 회의, 여행, 기획 및 프로젝트 활동, 멘토와의 만남 등의 공통 과정과 프로젝트, 문화예술, 공방 작업, 문학·철학, 시민 참여·국제 협력, 인턴십 등이 있다. 모든 수업은 학생들이 스스로 생각하고 서로 이야기하는 과정을 통해 문제를 해결하는 방식으로 이루어진다. 1명의 길잡이 교사가 10명 정도의 학생을 담당하며, 질문을 던지고 생각할 거리를 제공하고, 방향을 이끄는 역할을 한다.

▶ 출처 : 박상진·강영택·이종철·이하나, 꽃다운친구들 연구 프로젝트 1차 보고서 「방학을 1년 가지면 어떤 일이 일어날까?」, 『기독교학교교육연구소』, 2018

3. 꽃다운친구들 연간 공동 활동(2018년 3기 활동을 중심으로)

영역	제목	내용
자기 탐구 I	나를 찾아가는 여행	- 성격 유형 이해 MBTI 워크숍 - 나를 보는 4개의 창 이야기 - 내 감정과 욕구 알기
	꽃다운 대화	좋은 쉼을 위한 셀프 지침서, 방학 생활 위시리스트 작성, 한 달 생활 돌아보기와 내다보기(월 1회)
	글쓰기	주제별 이야기 나눔 후 글로 정리, 친구들 피드백 듣기
	더불어 책 읽기	- 서점 가서 책 고르기, 같은 책을 소리 내어 읽기 - 소감 나눔 및 토론
	덕밍아웃	나의 덕질 공개
	14일 프로젝트	소소한 목표 달성을 위한 14일 간의 노력
	진로 탐색	세상의 필요와 나의 원함이 만나는 지점을 탐색하는 워크숍
	톡투유	선생님과 일대일 대화
자기 탐구 II 예술 활동	사진	- 휴대 전화로 사진 잘 찍는 법 워크숍 - 사진 엽서 제작
	영화제작	시나리오 작성, 촬영, 편집
	난타	타악 퍼포먼스

	도자기, 목공 체험	컵, 접시, 화병 만들기, 놀이감 만들기
	더불어 노래부르기	가사 바꿔 부르기, 좋은 노래 함께 부르기
봉사 활동	NGO 탐방	국제구호단체 기아대책 방문
	장애인 시설	시각장애인시설 라파엘의 집 방문, 월 1회 식사 보조 및 청소
	인형 만들기	사회복지기관 세움 방문, 수감자 자녀에게 보낼 인형 만들기
	농촌 일일 체험	상주에서 생강 수확
	무료 급식	노숙인 급식 봉사
여행과 놀이	여행 계획 및 평가	프레젠테이션, 토론을 거쳐 여행지 결정 및 일정 계획, 역할 분담, 여행 후 평가, 후기 쓰기
	국내 여행	봄 아산 여행 2박 3일, 가을 제주도 여행 4박 5일
	캠핑	과천 캠핑장 봄 1박, 가을 2박 야영
	해외여행	연변 · 블라디보스토크 6박 7일 '평화견문록'
	선생님 댁 방문	선생님 집에서 밥 만들어 먹고 동네에서 놀기
	친구네 놀러 가기	세준, 세연, 서진, 다영, 은혜, 유겸이네 집에서 놀기
	한강 소풍	한강시민공원 나들이

	체력 단련	배드민턴, 농구, 볼링
	서울 도심 투어	국립고궁박물관, 덕수궁, 조계사, 양화진 등
	꽃다운 식탁	생존 요리 배우기, 주 1회 점심 식사 준비
	꽃치너 데이	청소년들이 기획하는 즐거운 하루 프로그램(노래방, 래프팅, 클라이밍, 영화 관람 등)
관계 형성	친구와 소통하는 법	비폭력 대화 워크숍
	갈등 다루기	갈등을 풀어 가는 방법 배우기
	소그룹 톡투유	친구, 선생님과 대화
	휴먼라이브러리	좋은 어른 만나기(아나운서, 음향 엔지니어, 공익 컨설턴트, 사회 활동가, 뮤지션 등)
	써클타임	'존중과 환대로 연결되는 우리 사이' 워크숍
	엄마의 레시피	부모님 초청 요리 강습, 월 1회
	사랑과 성 특강	성, 페미니즘, 성 평등 특강 및 이야기 나눔
	청소년 인생학교 교류	- 상주 '쉴래' 친구들과 써클타임 - 청소년 창의서밋 참가(하자센터와 함께) - 덴마크·한국 행복 교육 박람회 참가

▶ 연간 활동은 꽃치너들의 취향과 선호를 고려하고 협의를 거쳐 결정하므로 해마다 조금씩 달라집니다. 꽃다운 대화, 써클 타임, 톡투유와 같이 일주일에 한 번, 매월 한두 번 등 일 년 내내 정기적으로 이루어지는 활동과 사진, 영화 수업 등 두어 달 동안 집중해서 배우는 활동, 그리고 하루 특별 프로그램이 있습니다.

학교의 시계가 멈춰도 아이들은 자란다

초판 1쇄 펴낸날 | 2019년 2월 18일

지은이 | 이수진 정신실
펴낸이 | 홍지연
펴낸곳 | 도서출판 우리학교

편집 | 김영숙 김나윤 이혜재 정아름 김민정
디자인 & 아트디렉팅 | 정은경
본문디자인 | 윤은주
마케팅 | 이송희
관리 | 김세정
인쇄 | 스크린그래픽

출판등록 | 제313-2009-26호(2009년 1월 5일)
주소 | 03992 서울시 마포구 동교로23길 32 2층
전화 | 02-6012-6094
팩스 | 02-6012-6092
이메일 | woorischool@naver.com

ISBN 979-11-87050-87-2 03810

이 도서의 국립중앙도서관 출판예정도서목록(CIP)은 서지정보유통지원시스템 홈페이지
(http://seoji.nl.go.kr)와 국가자료공동목록시스템(http://www.nl.go.kr/kolisnet)에서 이용하
실 수 있습니다.(CIP제어번호: CIP 2019003795)